TERRA SONÂMBULA

MIA COUTO

TERRA SONÂMBULA

14ª reimpressão

COMPANHIA DE BOLSO

A editora manteve a grafia vigente em Moçambique, observando as regras do Acordo Ortográfico da Língua Portuguesa de 1990.

Capa
Jeff Fisher

Revisão
Julia Barreto
Cristina Terada Tamada

Atualização ortográfica
Verba Editorial

Dados Internacionais de Catalogação na Publicação (CIP)
(Câmara Brasileira do Livro, SP, Brasil)

Couto, Mia
Terra Sonâmbula / Mia Couto. — 1ª ed. — São Paulo : Companhia de Bolso, 2015.

ISBN 978-85-359-2581-4

1. Ficção moçambicana (Português) I. Título.

15-01778 CDD-869.3

Índice para catálogo sistemático:
1. Ficção: Literatura moçambicana em português 869.3

2023

EDITORA SCHWARCZ S.A.
Rua Bandeira Paulista, 702, cj. 32
04532-002 — São Paulo — SP
Telefone: (11) 3707-3500
www.companhiadasletras.com.br
www.blogdacompanhia.com.br

Se dizia daquela terra que era sonâmbula. Porque enquanto os homens dormiam, a terra se movia espaços e tempos afora. Quando despertavam, os habitantes olhavam o novo rosto da paisagem e sabiam que, naquela noite, eles tinham sido visitados pela fantasia do sonho.
(CRENÇA DOS HABITANTES DE MATIMATI)

O que faz andar a estrada? É o sonho. Enquanto a gente sonhar a estrada permanecerá viva. É para isso que servem os caminhos, para nos fazerem parentes do futuro.
(FALA DE TUAHIR)

Há três espécies de homens:
os vivos, os mortos e os que andam no mar.
(PLATÃO)

ÍNDICE

Primeiro capítulo

A ESTRADA MORTA

NAQUELE LUGAR, a guerra tinha morto a estrada. Pelos caminhos só as hienas se arrastavam, focinhando entre cinzas e poeiras. A paisagem se mestiçara de tristezas nunca vistas, em cores que se pegavam à boca. Eram cores sujas, tão sujas que tinham perdido toda a leveza, esquecidas da ousadia de levantar asas pelo azul. Aqui, o céu se tornara impossível. E os viventes se acostumaram ao chão, em resignada aprendizagem da morte.

A estrada que agora se abre a nossos olhos não se entrecruza com outra nenhuma. Está mais deitada que os séculos, suportando sozinha toda a distância. Pelas bermas apodrecem carros incendiados, restos de pilhagens. Na savana em volta, apenas os embondeiros contemplam o mundo a desflorir.

Um velho e um miúdo vão seguindo pela estrada. Andam bambolentos como se caminhar fosse seu único serviço desde que nasceram. Vão para lá de nenhuma parte, dando o vindo por não ido, à espera do adiante. Fogem da guerra, dessa guerra que contaminara toda a sua terra. Vão na ilusão de, mais além, haver um refúgio tranquilo. Avançam descalços, suas vestes têm a mesma cor do caminho. O velho se chama Tuahir. É magro, parece ter perdido toda a substância. O jovem se chama Muidinga. Caminha à frente desde que saíra do campo de refugiados. Se nota nele um leve coxear, uma perna demorando mais que o passo. Vestígio da doença que, ainda há pouco, o arrastara quase até à morte. Quem o recolhera fora o velho Tuahir, quando todos outros o haviam abandonado. O menino estava já sem estado, os ranhos lhe saíam não do nariz mas de toda a cabeça. O velho teve que lhe ensinar todos os inícios: andar, falar, pensar. Muidinga se meninou outra vez. Esta segunda infância, porém, fora apressada pelos ditados da sobrevivência. Quando iniciaram a viagem já ele se acostumava de cantar, dando vaga a distraídas brincriações. No convívio com a solidão, porém, o canto acabou por migrar de si. Os dois caminheiros condiziam com a estrada, murchos e desesperançados.

Muidinga e Tuahir param agora frente a um autocarro queimado. Discutem, discordando-se. O jovem lança o saco no chão, acordando poeira. O velho ralha:

— *Estou-lhe a dizer, miúdo: vamos instalar casa aqui mesmo.*

— *Mas aqui? Num machimbombo todo incendiado?*

— *Você não sabe nada, miúdo. O que já está queimado não volta a arder.*

Muidinga não ganha convencimento. Olha a planície, tudo parece desmaiado. Naquele território, tão despido de brilho, ter razão é algo que já não dá vontade. Por isso ele não insiste. Roda à volta do machimbombo. O veículo se despistara, ficara meio atravessado na rodovia. A dianteira estava amassada de encontro a um imenso embondeiro. Muidinga se encosta ao tronco da árvore e pergunta:

— *Mas na estrada não é mais perigoso, Tuahir? Não é melhor esconder no mato?*

— *Nada. Aqui podemos ver os passantes. Está-me compreender?*

— *Você sempre sabe, Tuahir.*

— *Não vale a pena queixar. Culpa é sua: não é você que quer procurar seus pais?*

— *Quero. Mas na estrada quem passa são os bandos.*

— *Os bandos se vierem, nós fingimos que estamos mortos. Faz conta falecemos junto com o machimbombo.*

Entram no autocarro. O corredor e os bancos estão ainda cobertos de corpos carbonizados. Muidinga se recusa a entrar. O velho avança pelo corredor, vai espreitando os cantos da viatura.

— *Estes arderam bem. Veja como todos ficaram pequenitos. Parece o fogo gosta de nos ver crianças.*

Tuahir se instala no banco traseiro, onde o fogo não chegara. O miúdo continua receoso, hesitando entrar. O velho encoraja:

— *Venha, são mortos limpos pelas chamas.*

Muidinga vai avançando, pisando com mil cautelas. Aquele

recinto está contaminado pela morte. Seriam precisas mil cerimónias para purificar o autocarro.

— *Não faça essa cara, miúdo. Os falecidos se ofendem se lhes mostramos nojo.*

Muidinga arruma o saco num banco. Senta-se e observa o recanto conservado. Há teto, assentos, encostos. O velho, impávido, já se deitou a repousar. De olhos fechados, espreguiça a voz:

— *Sabe bem uma sombrinha assim. Não descanso desde que fugimos do campo. Você não quer sombrear?*

— *Tuahir, vamos tirar esses corpos daqui.*

— *E porquê? Cheiram-lhe mal?*

O miúdo não responde logo. Está virado para a janela quebrada. O velho insiste que descanse. Desde que saíram do campo de deslocados eles não tinham tido pausa. Muidinga permanece de costas viradas. Se escuta apenas o seu respirar, quase resvalando em soluço. Então, ele repete a sussurrante súplica: que se limpe aquele refúgio.

— *Lhe peço, tio Tuahir. É que estou farto de viver entre mortos.*

O velho se apressa a emendar: *não sou seu tio!* E ameaça: *o moço que não abuse familiaridades. Mas aquele tratamento é só a maneira da tradição*, argumenta Muidinga.

— *Em você não gosto.*

— *Não lhe chamo nunca mais.*

— *E me diga: você quer encontrar seus pais porquê?*

— *Já expliquei tantas vezes.*

— *Desconsigo de entender. Vou-lhe contar uma coisa: seus pais não lhe vão querer ver nem vivo.*

— *Porquê?*

— *Em tempos de guerra filhos são um peso que trapalha maningue.*

Saem a enterrar os cadáveres. Não vão longe. Abrem uma única campa para poupar esforço. No caminho do regresso encontram mais um corpo. Jazia junto à berma, virado de costas. Não estava queimado. Tinha sido morto a tiro. A camisa estava empapada em sangue, nem se notava a original cor.

Junto dele estava uma mala, fechada, intacta. Tuahir sacode o morto com o pé. Revista-lhe os bolsos, em vão: alguém já os tinha vazado.

— *Eh pá, este gajo não cheira. Atacaram o machimbombo há pouco tempo.*

O miúdo estremece. A tragédia, afinal, é mais recente que ele pensava. Os espíritos dos falecidos ainda por ali pairavam. Mas Tuahir parece alheio à vizinhança. Enterram o último cadáver. O rosto dele nunca chega a ser visto: arrastaram-no assim mesmo, os dentes charruando a terra. Depois de fecharem o buraco, o velho puxa a mala para dentro do autocarro. Tuahir tenta abrir o achado, não é capaz. Convoca a ajuda de Muidinga:

— *Abre, vamos ver o que está dentro.*

Forçam o fecho, apressados. No interior da mala estão roupas, uma caixa com comidas. Por cima de tudo estão espalhados cadernos escolares, gatafunhados com letras incertas. O velho carrega a caixa com mantimentos. Muidinga inspeciona os papéis.

— *Veja, Tuahir. São cartas.*

— *Quero saber é das comidas.*

O miúdo remexe no resto. As mãos curiosas viajam pelos cantos da mala. O velho chama a atenção: ele que deixasse tudo como estava, fechasse a tampa.

— *Tira só essa papelada. Serve para acendermos a fogueira.*

O jovem retira os caderninhos. Guarda-os por baixo do seu banco. Não parece pretender sacrificar aqueles papéis para iniciar o fogo. Fica sentado, alheio. No enquanto, lá fora, tudo vai ficando noite. Reina um negro silvestre, cego. Muidinga olha o escuro e estremece. É um desses negros que nem os corvos comem. Parece todas as sombras desceram à terra. O medo passeia seus chifres no peito do menino que se deita, enroscado como um congolote. O machimbombo se rende à quietude, tudo é silêncio taciturno.

Mais tarde, se começa a escutar um pranto, num fio quase inaudível. É Muidinga que chora. O velho se levanta e zanga:

— *Para de chorar!*

— *É que me dói uma tristeza...*

— *Chorando assim você vai chamar os espíritos. Ou se cala ou lhe rebento a tristeza à porrada.*

— *Nós nunca mais vamos sair daqui.*

— *Vamos, com a certeza. Qualquer coisa vai acontecer qualquer dia. E essa guerra vai acabar. A estrada já vai-se encher de gente, camiões. Como no tempo de antigamente.*

Mais sereno, o velho passa um braço sobre os ombros trementes do rapaz e lhe pergunta:

— *Tens medo da noite?*

Muidinga acena afirmativamente.

— *Então vai acender uma fogueira lá fora.*

O miúdo se levanta e escolhe entre os papéis, receando rasgar uma folha escrita. Acaba por arrancar a capa de um dos cadernos. Para fazer fogo usa esse papel. Depois se senta ao lado da fogueira, ajeita os cadernos e começa a ler. Balbucia letra a letra, percorrendo o lento desenho de cada uma. Sorri com a satisfação de uma conquista. Vai-se habituando, ganhando despacho.

— *Que estás a fazer, rapaz?*

— *Estou a ler.*

— *É verdade, já esquecia. Você era capaz ler. Então leia em voz alta que é para me dormecer.*

O miúdo lê em voz alta. Seus olhos se abrem mais que a voz que, lenta e cuidadosa, vai decifrando as letras. Ler era coisa que ele apenas agora se recordava saber. O velho Tuahir, ignorante das letras, não lhe despertara a faculdade da leitura.

A lua parece ter sido chamada pela voz de Muidinga. A noite toda se vai enluarando. Pratinhada, a estrada escuta a estória que desponta dos cadernos: "Quero pôr os tempos...".

Primeiro caderno de Kindzu

O TEMPO EM QUE O MUNDO TINHA A NOSSA IDADE

Quero pôr os tempos, em sua mansa ordem, conforme esperas e sofrências. Mas as lembranças desobedecem, entre a vontade de serem nada e o gosto de me roubarem do presente. Acendo a estória, me apago a mim. No fim destes escritos, serei de novo uma sombra sem voz.

Sou chamado de Kindzu. É o nome que se dá às palmeiritas mindinhas, essas que se curvam junto às praias. Quem não lhes conhece, arrependidas de terem crescido, saudosas do rente chão? Meu pai me escolheu para esse nome, homenagem à sua única preferência: beber sura, o vinho das palmeiras. Assim era o velho Taímo, solitário pescador. Primeiro, ele ainda esperava que o tempo trabalhasse a bebida, dedicado nos proibidos serviços de fermentar e alambicar. Depois, nem isso: simplesmente cortava os rebentos das palmeiras e ficava deitado, boquinhaberto, deixando as gotas pingar na concha dos lábios. Daquele modo, nenhum cipaio lhe apertaria os engasganetes: ele nunca destilava sura. Vida boa, aconselhava ele, é chupar manga sem descascar o fruto.

Nesse entretempo, ele nos chamava para escutarmos seus imprevistos improvisos. As estórias dele faziam o nosso lugarzinho crescer até ficar maior que o mundo. Nenhuma narração tinha fim, o sono lhe apagava a boca antes do desfecho. Éramos nós que recolhíamos seu corpo dorminhoso. Não lhe deitávamos dentro da casa: ele sempre recusara cama feita. Seu conceito era que a morte nos apanha deitados sobre a moleza de uma esteira. Leito dele era o puro chão, lugar onde a chuva também gosta de deitar. Nós simplesmente lhe encostávamos na parede da casa. Ali ficava até de manhã. Lhe encontrávamos coberto de formigas. Parece que os insetos gostavam do suor docicado do velho Taímo. Ele nem sentia o corrupio do formigueiro em sua pele.

— *Chiças: transpiro mais que palmeira!*

Proferia tontices enquanto ia acordando. Nós lhe sacudíamos os infatigáveis bichos. Taímo nos sacudia a nós, incomodado por lhe dedicarmos cuidados.

Meu pai sofria de sonhos, saía pela noite de olhos transabertos. Como dormia fora, nem dávamos conta. Minha mãe, manhã seguinte, é que nos convocava:

— *Venham: papá teve um sonho!*

E nos juntávamos, todos completos, para escutar as verdades que lhe tinham sido reveladas. Taímo recebia notícia do futuro por via dos antepassados. Dizia tantas previsões que nem havia tempo de provar nenhuma. Eu me perguntava sobre a verdade daquelas visões do velho, estorinhador como ele era.

— *Nem duvidem*, avisava mamã, suspeitando-nos.

E assim seguia nossa criancice, tempos afora. Nesses anos ainda tudo tinha sentido: a razão deste mundo estava num outro mundo inexplicável. Os mais velhos faziam a ponte entre esses dois mundos. Recordo meu pai nos chamar um dia. Parecia mais uma dessas reuniões em que ele lembrava as cores e os tamanhos de seus sonhos. Mas não. Dessa vez, o velho se gravatara, fato e sapato com sola. A sua voz não variava em delírios. Anunciava um facto: a Independência do país. Nessa altura, nós nem sabíamos o verdadeiro significado daquele anúncio. Mas havia na voz do velho uma emoção tão funda, parecia estar ali a consumação de todos seus sonhos. Chamou minha mãe e, tocando sua barriga redonda como lua cheia, disse:

— *Esta criança há-de ser chamada de Vinticinco de Junho.*

Vinticinco de Junho era nome demasiado. Afinal, o menino ficou sendo só Junho. Ou de maneira mais mindinha: Junhito. Minha mãe não mais teve filhos. Junhito foi o último habitante daquele ventre.

O tempo passeava com mansas lentidões quando chegou a guerra. Meu pai dizia que era confusão vinda de fora, trazida por aqueles que tinham perdido seus privilégios. No princípio, só escutávamos as vagas novidades, acontecidas no longe. Depois, os tiroteios foram chegando mais perto e o sangue foi enchendo nossos medos. A guerra é uma cobra que usa os nossos próprios dentes para nos morder. Seu veneno circulava agora em todos os rios da nossa alma. De dia já não saíamos, de noite não sonhávamos. O sonho é o olho da vida. Nós estávamos cegos.

Aos poucos, eu sentia a nossa família quebrar-se como um pote lançado no chão. Ali onde eu sempre tinha encontrado meu refúgio já não restava nada. Nós estávamos mais pobres que nunca. Junhito tinha os joelhos escapando das pernas, cansado só de respirar. Já nem podíamos machambar. Minha mãe saía com a enxada, manhã cedinho, mas não se encaminhava para terra nenhuma. Não passava das micaias que vedavam o quintal. Ficava a olhar o antigamente. Seu corpo emagrecia, sua sombra crescia. Em pouco tempo, aquela sombra se ia tornar do tamanho de toda a terra.

Mesmo para nós, que tínhamos bens, a vida se poentava, miserenta. Todos nos afundávamos, menos meu pai. Ele saudava a nossa condição, dizendo: a pobreza é a nossa maior defesa. A miséria faz conta era o novo patrão para quem trabalhávamos. Em paga recebíamos proteção contra más intenções dos bandidos. O velho exclamava, em satisfação:

— *É bom assim! Quem não tem nada não chama inveja de ninguém. Melhor sentinela é não ter portas.*

Minha mãe abanava a cabeça. Ela nos ensinava a sermos sombras, sem nenhuma outra esperança senão seguirmos do corpo para a terra. Era lição sem palavra, só ela sentada, pernas dobradas, um joelho sobre outro joelho.

Pouco a pouco nos tornávamos outros, desconhecíveis. Eu vi quanto tínhamos mudado foi quando mandaram o irmão mais pequeno para fora de casa. Na noite anterior, meu pai sofrera um daqueles delírios dele. Daquela vez, porém, tínhamos testemunhado tudo, espreitando da janela sua corrida sem juízo pelo mato. Seus gritos estrondavam no quarto, o escuro fazia crescer aqueles berros. Só Junhito não vinha à janela, enroscado na esteira dele. E fingimos acreditar no miúdo quando ele disse: *esse não é o pai, são os medonháveis bichos*. Voltámos às camas, sonos perdidos.

De manhã, nossa mãe nos chamou. Nos sentámos, graves. Meu pai tinha o rosto no peito. Ainda dormia? Ficou assim um tempo como se esperasse a chegada das palavras. Quando finalmente nos encarou quase não reconhecemos sua voz:

— *Alguém de nós vai morrer.*

E logo adiantou razões: nossa família ainda não deixara cair nenhum sangue na guerra. Agora, a nossa vez se aproximava. *A morte vai pousar daqui, tenho a máxima certeza*, sentenciou o velho Taímo. *Quem vai receber esse apagamento é um de vocês, meus filhos.* E rodou os olhos vermelhos sobre nossos ombros encolhidos.

— *É ele. É ele quem vai falecer!*

Apontou Junhito, nosso irmão mais pequeno. Estremecemos todos, meu irmanito nem entendeu o que se falava. Seus ouvidos não trabalhavam bem desde que ele quase se afogara. A água lhe entrou fundo nos ouvidos, tanto que nunca mais se limparam. Sacudiu-se, enxugou-se: nada. A água lá ficou, a gente ouvia chocalhar na cabeça dele. Tive que lhe repetir as palavras de meu pai. Junho se escondeu entre meus braços, tremedroso. O velho ergueu a bengala suspendendo as gerais tristezas.

— *Calem! Não quero choraminhices. Este problema já todo eu pensei. Em diante, Junhito vai viver no galinheiro!*

Fez seguir ordens de seu mandamento: o miúdo devia mudar, alma e corpo, na aparência de galinha. Os bandos quando chegassem não lhe iriam levar. Galinha era bicho que não despertava brutais crueldades. Ainda minha mãe teve ideia de contrariar: não faltavam notícias de capoeiras assaltadas. Meu pai estalou uma impaciência na língua e abreviou o despacho: aquela era a única maneira de salvar Vinticinco de Junho.

A partir desse dia, o manito deixou de viver dentro da casa. Meu velho lhe arrumou um lugar no galinheiro. No cedinho das manhãs, ele ensinava o menino a cantar, igual aos galos. Demorou a afinar. Passadas muitas madrugadas, já mano Junhito cocoricava com perfeição, coberto num saco de penas que minha mãe lhe costurara. Parecia condizer com aquelas penugens, pululado de pulgas.

Nas seguintes noites, já nenhuma estória meu pai pronunciava. Ao nosso lar só chegavam novidades de balas, catanas, fogo. Ficávamos juntos, na mastigação de um frio silêncio. Meu pai perguntava:

— *As sobras: já lhe deitaram?*

Inquiria sobre a refeição de Junhito. Mas sobras, que sobras podem haver de restos de migalhas? E, contudo, sobrava. Quem sabe nossas barrigas se torcessem de aperto: dos nadas de nossos pratos, afinal, sempre restava uma qualquer coisinha.

Junhito se foi alonjando de nossas vistas, proibidos que estávamos só de mencionar sua existência. Minha mãe, mesmo ela, se parecia resignar. Contudo, eu sabia que ela, às escondidas, visitava a capoeira. Fazia isso pelas traseiras da noite. Sentava no escuro e cantava uma canção de nenecar, a mesma que servira para todos os nossos sonos. Junhito, de começo, entoava junto com ela. Sua voz nos fazia descer uma tristeza, olhos abaixo. Depois, Junhito já nem sabia soletrar as humanas palavras. Esganiçava uns cóóós e ajeitava a cabeça por baixo do braço. E assim se adormecia.

Uma manhã, a capoeira amanheceu sem ele. Nunca mais, o Junhito. Morrera, fugira, se infinitara? Ninguém se acertava. Os vizinhos diziam: foi meu pai que, na plena bebedeira, confundiu o pescoço de um bico verdadeiro com o do menino de sua criação. Outros dizem foram os bandos que larapilharam o galinheiro para curar suas fomes. Minha mãe, em seu cismado silêncio, escondia outras versões. Talvez ela, quem sabe, abrira a portinhola de rede e soltara seu menino para ele debicar por aí, por esses aforas?

O desaparecimento de meu irmão treslouqueceu toda nossa casa. Quem mais mudou foi meu pai. Aos poucos, foi deixando as demais ocupações, alvorando e anoitecendo na beberagem. O barco dele dormia na duna, vela entornada, com nostalgia do vento. Meu velho se embebedava encostado no barquito.

Era como se os dois, embarcação e pescador, esperassem uma viagem que nunca mais chegava. O estado dele se foi reduzindo até ficar menos de uma lástima: carapinhoso, aguardendo nos bafos. A sura era seu único conteúdo. Um dia lhe encontrámos, tão repleto, já nem falava. Borbulhava espuma vermelha pela boca, pelo nariz, pelos ouvidos. Foi vazando como um saco rompido e, quando já era só pele, tombou sobre o chão com educação de uma folha.

Cerimónia fúnebre foi na água, sepultado nas ondas. No dia seguinte, deu-se o que de imaginar nem ninguém se atreve: o mar todo secou, a água inteira desapareceu na porção de um instante. No lugar onde antes praiava o azul, ficou uma planície coberta de palmeiras. Cada uma se barrigava de frutos gordos, apetitosos, luzilhantes. Nem eram frutos, parecia eram cabaças de ouro, cada uma pesando mil riquezas. Os homens se lançaram nesse vale, correndo de catanas na mão, no antegozo daquela dádiva. Então se escutou uma voz que se multiabriu em ecos, parecia que cada palmeira se servia de infinitas bocas. Os homens ainda pararam, por brevidades. Aquela voz seria em sonho que figurava? Para mim não havia dúvida: era a voz de meu pai. Ele pedia que os homens ponderassem: aqueles eram frutos muito sagrados. Sua voz se ajoelhava clamando para que se poupassem as árvores: o destino do nosso mundo se sustentava em delicados fios. Bastava que um desses fios fosse cortado para que tudo entrasse em desordens e desgraças se sucedessem em desfile. O primeiro homem, então, perguntou à árvore: por que és tão desumana? Só respondeu o silêncio. Nem mais se escutou nenhuma voz. De novo, a multidão se derramou sobre as palmeiras. Mas quando o primeiro fruto foi cortado, do golpe espirrou a imensa água e, em cantaratas, o mar se encheu de novo, afundando tudo e todos.

Só recordo esta inundação enquanto durmo. Como as tantas outras lembranças que só me chegam em sonho. Parece eu e o meu passado dormimos em tempos alternados, um apeado enquanto outro segue viagem.

Certo foi minha mãe, após a viuvez, se enconchar, triste como um recanto escuro. Consultámos o feiticeiro para conhecer o exato da morte de meu pai. Quem sabe era um falecimento sem validade, desses que pedem as mais devidas cerimónias? O feiticeiro confirmou o estranho daquela morte. Lhe receitou: ela que construísse uma casa, bem afastada. Dentro dessa solitária residência ela deveria colocar o velho barco de meu pai, com seu mastro, sua tristonha vela. Seu dito, nosso feito. No ajunto de todos, empurrámos o concho. Peso tão cheio nunca eu vi. O puxar do barco demorou todo o dia. Meu tio mais velho comandava os cantos, com sua voz corpulenta. À noitita, junto da fogueira, me explicaram a tradição. Motivo do barco, dentro da casa: meu pai poderia regressar, vindo do mar. E assim, todas as noites passei a levar para a casinha solitária uma panela cheia de comida. No dia seguinte, a panela estava vazia, raspadinha.

Às vezes, enquanto seguia pelo escuro carregando a refeição do defunto, ouvia as hienas gargalhando. No desfrizar do medo me veio a suspeita: e se fossem as quizumbas a aproveitar das panelas? Ou se ele, o falecido, usasse a forma de bicho para se empançar? Uma noite, enquanto as hienas vozeavam eu vi um vulto saindo da cabana. Só avislumbrei um braço, todo amarrado com panos vermelhos e pulseiras portadoras de feitiços. Me depressei a chamar minha mãe. Muito-muito eu queria lhe mostrar a existência de um outro ser, um outro comedor de seus jantares. Provar a total ausência de meu pai era para mim uma vitória. Entrei na luz do pátio vi minha mãe surdinando um canto. Nem eu disse nada, já ela se adiantou:

— *Era ele! Era seu pai...*

Afinal, ela também sabia do estranho vulto? Com certeza, há muitas noites que ela já notara a rondância do sujeito. Agora, ela queria que o aparecido fosse o defunto marido, carregado de fitas pelos braços. Insisti, da minha parte:

— *Não era ele, mãe!*

Ela voltou a trautinhar a canção. Eu hesitei: valia a pena? A velha nunca aceitaria minhas dúvidas. Quem, neste mundo, dá validade a uma criança? E me deixei. Se houvesse outra verdade minha mãe nunca haveria confirmar. Meu desejo de desmentir o regresso do falecido seria chuva que apodreceria lá em cima, no topo das nuvens. Afinal, em vida de meu velho, minha mãe toda se dedicara à ausência dele. Agora, já ele morto, ela se mantinha cuidando de sua não comparência, cozinhando para suas invisíveis fomes. Eu media o tempo daquela mulher, o que dela me lembrava: sempre muitíssimo mãe, eternamente grávida, filho-fora, filho-dentro. Lembranças compridas, ela comendo terra vermelha para segurar os sangues dentro do corpo. Trazia a areia dentro de uma panelinha de barro e, nos enquantos, parava para bocanhar terra, às mãos cheias. Agora, as lágrimas no rosto dela, janelas escuras em sua vida, lhe molhavam as palavras:

— *Tive tantos filhos, tantíssimos. Todos foram, ficaste só tu, Kindzu. Logo tu, o pior.*

Era a verdade: minha sobra só lhe dava castigo, saudade dos demais filhos. Por bondade, eu dela sempre me afastava, lhe aliviando de mim, doença de sua memória. Ficava o dia vagueandando, pés roçando as ondas que roçavam a praia. Antes ainda eu me acostumava em casa do pastor Afonso, lendo seus livros, escutando suas lições. Mas agora eu evitava o sábio mestre. Minha alma era um rio parado, nenhum vento me enluava a vela dos meus sonhos. Desde a morte de meu pai me derivo sozinho, órfão como uma onda, irmão das coisas sem nome.

Enquanto me preguiçava sem destino, ia ouvindo os ditos da gente: esse Kindzu apanhou doença da baleia. Falavam da grande baleia cujo suspiro faz o oceano encher e minguar. Minhas parecenças com o bicho traziam lembranças do antigamente: nós, meninitos, sentados nas dunas. Escutávamos o marmulhar das ondas, na quebra do horizonte, enquanto esperávamos ver a baleia. Era ali o lugar dela aparecer, quando o sol se ajoelhava na barriga do mundo. De repente, um ruído barulhoso nos arrepiava: era o bichorão começando a chupar a água! Sorvia até o mar todo se vazar. Ouvíamos a baleia mas não lhe víamos. Até que, certa vez, desaguou na praia um desses marmíferos, enormão. Vinha morrer na areia. Respirava aos custos, como se puxasse o mundo nas suas costelas. A baleia moribundava, esgoniada. O povo acorreu para lhe tirar carnes, fatias e fatias de quilos. Ainda não morrera e já seus ossos brilhavam no sol. Agora, eu via o meu país como uma dessas baleias que vêm agonizar na praia. A morte nem sucedera e já as facas lhe roubavam pedaços, cada um tentando o mais para si. Como se aquele fosse o último animal, a derradeira oportunidade de ganhar uma porção. De vez enquanto, me parecia ouvir ainda o suspirar do gigante, engolindo vaga após vaga, fazendo da esperança uma maré vazando. Afinal, nasci num tempo em que o tempo não acontece. A vida, amigos, já não me admite. Estou condenado a uma terra perpétua, como a baleia que esfalece na praia. Se um dia me arriscar num outro lugar, hei-de levar comigo a estrada que não me deixa sair de mim. Vistas as coisas, estou mais perdido que meu mano Junhito.

A guerra crescia e tirava dali a maior parte dos habitantes. Mesmo na vila, sede do distrito, as casas de cimento estavam agora vazias. As paredes, cheias de buracos de balas, semelhavam a pele de um leproso. Os bandos disparavam contra as casas como se elas lhes trouxessem raiva. Quem sabe alvejassem não as casas mas o tempo, esse tempo que trouxera o cimento e as residências que duravam mais que a vida dos homens. Nas ruas cresciam arbustos, pelas janelas espreitavam capins. Parecia o mato vinha agora buscar terrenos de que tinha sido exclusivo dono. Sempre me tinham dito que a vila estava de pé por licença de poderes antigos, poderes vindos do longe. Quem constrói a casa não é quem a ergueu mas quem nela mora. E agora, sem residentes, as casas de cimento apodreciam como a carcaça que se tira a um animal.

Um único comerciante ficara na vila: Surendra Valá, indiano de raça e profissão. Eu gostava de lhe visitar, receber suas conversas, provar os cheiros de sua casa. Ele me servia comidas bem cheias, dessas dos olhos salivarem na língua. Sua mulher Assma não aguentara o peso do mundo. Todo o dia ela ficava na sombria traseira do balcão, cabeça encostada num rádio. Escutava era o quê? Ouvia ruídos, sem sintonia nenhuma. Mas para ela, por trás daqueles barulhos, havia música da sua Índia, melodias de sarar saudades do Oriente. Dos paus de incenso esvoavam fumos. Os olhos de Assma seguiam aqueles perfumes, dançando em tontas direções. Ela adormecia embalada pelos ruídos. Era Surendra quem, no fim do dia, desligava o rádio, dedo-ante-dedo para não despertar a esposa. O ajudante da loja, Antoninho, me olhava com os maus fígados. Era um rapaz negro, de pele escura, agordalhado. Muitas vezes me mentia, à porta, dizendo que o patrão se tinha ausentado. Parecia invejar-se de meu recebimento entre os indianos. Minha família também não queria que eu pisasse na loja. *Esse gajo é um monhé*, diziam como se eu não tivesse reparado. E acrescentavam:

— *Um monhé não conhece amigo preto.*

Durante anos aquele homem tinha provado o justo contrário. Mal saía da escola eu me apressava para sua loja. Entrava ali como se penetrasse numa outra vida. Da maneira que meu mundinho era pequeno eu não imaginava outras viagens que não fossem aquelas visitas desobedecidas. Perdia as horas no estabelecimento, sentado entre mercadorias enquanto as compridas mãos de Surendra corriam leves pelos panos. Era o indiano que me punha o pé na estrada, me avisando da demora. Surendra sabia que minha gente não perdoava aquela convivência. Mas ele não podia compreender a razão. Problema não era ele nem a raça dele. Problema era eu. Minha família receava que eu me afastasse de meu mundo original. Tinham seus motivos. Primeiro, era a escola. Ou antes: minha amizade com meu mestre, o pastor Afonso. Suas lições continuavam mesmo depois da escola. Com ele aprendia outros saberes, feitiçarias dos brancos, como chamava meu pai. Com ele ganhara esta paixão das letras, escrevinhador de papéis como se neles pudessem despertar os tais feitiços que falava o velho Taímo. Mas esse era um mal até desejado. Falar bem, escrever muito bem e, sobretudo, contar ainda melhor. Eu devia receber esses expedientes para um bom futuro. Pior, pior era Surendra Valá. Com o indiano minha alma arriscava se mulatar, em mestiçagem de baixa qualidade. Era verdadeiro, esse risco. Muitas vezes eu me deixava misturar nos sentimentos de Surendra, aprendiz de um novo coração. Acontecia no morrer das tardes quando, sentados na varanda, ficávamos olhando as réstias do poente refletidas nas águas do Índico.

— *Vês, Kindzu? Do outro lado fica a minha terra.*

E ele me passava um pensamento: nós, os da costa, éramos habitantes não de um continente mas de um oceano. Eu e Surendra partilhávamos a mesma pátria: o Índico.

E era como se naquele imenso mar se desenrolassem os fios da história, novelos antigos onde nossos sangues se haviam misturado. Eis a razão por que demorávamos na adoração do mar: estavam ali nossos comuns antepassados, flutuando sem fronteiras. Essa era a raiz daquela paixão de me encaseirar no estabelecimento de Surendra Valá.

— *Somos da igual raça, Kindzu: somos índicos!*

Ele se ria, repetindo: não indianos mas índicos. Eu fingia achar graça, rindo apenas de boa disposição. Enquanto ali estávamos, fazendo o absoluto nada, eu me sentia promovido. Na troca de nossos nenhuns assuntos, Surendra se esquecia de atender os fregueses. Eu me confortava: nunca ninguém se havia esquecido de nada por causa de mim.

Foi certa tarde: chegou o responsável de uma aldeia vizinha. Vasculhou a loja, os olhos na frente das órbitas. Fui eu quem viu que estava roubando. Avisei Surendra que, em sua vez, solicitou o roubador. O homem se enzebrunhou, pegando-se em discussão. Antoninho, o ajudante gordo, mentia dizendo que o homem estava inocente. Não queria trair um da sua raça, dar razão a um de outra pele. Os ânimos se acenderam. O cliente era quem trazia a lenha. Surendra permanecia impassível, exigindo apenas que os artigos fossem repostos. O motivo da raiva do cliente passei a ser eu, aumentado e agravado. O estranho deu as ordens a Antoninho: ele que me levasse fora, ou aquilo ficaria matéria não de papo mas de sopapo. Antoninho se apressou a cumprir, me tentando agarrar por trás. Mas Surendra se impôs, assumindo a gerência do momento. E deu ordens ao ajudante que pusesse fora o ilegítimo comprador. Antoninho coçava as mãos nos dedos, indeciso. O intruso se chegou ao indiano e roncou fúrias e escarros, puxando o peito para a garganta. Foi subindo em veias e nervos até que cuspiu na cara de Surendra. O indiano ficou ali, especado, a saliva escorrendo. Molhado, nem parecia humilhado. Quando eu quis pedir contas ao intruso, Surendra me pediu silêncio:

— *Deixa, Kindzu. Se fazemos barulho é Assma que pode acordar.*

O freguês então puxou de uma caixa de fósforos, enconchou as mãos. *Vais ver a fogueira que isto vai dar*, ameaçou raivabundo. O indiano olhou a adormecida esposa e disse:

— *Kindzu, faz favor: aumenta volume de rádio.*

— *Sim aumenta a música que o monhé vai dançar*, disse o roubador.

O inesperado, então, sucedeu-se: um estranhíssimo homem entrou na loja. Trajava as mínimas vestes mas, na compensação, exibia colares, penas, fitas, enfeitações. E me deu fundo arrepio: nos braços se enrodavam vermelhos panos, pulseiras de xicuembo, exatos como aqueles que vi saindo da cabana do defunto meu pai. Fiquei de olhos presos na chegada figura. O ameaçador freguês também se emparvalhou, o fósforo se consumindo inteiro em seus dedos tremeluzentes. Assim mesmo, de mãos chamuscadas, saiu. O recém-chegado se aproximou do balcão e, em voz baixa, falou com Surendra. O volume do rádio não me deixava ouvir. Fui de novo à prateleira para diminuir o som. Quando me voltei já o homem tinha saído. Não pude guardar minha curiosidade:

— *Esse quem era?*

— *Esse é um naparama.*

Naparama? Nunca eu tinha ouvido falar em gente dessa. Surendra me explicou vagamente. Eram guerreiros tradicionais, abençoados pelos feiticeiros, que lutavam contra os fazedores da guerra. Nas terras do Norte eles tinham trazido a paz. Combatiam com lanças, zagaias, arcos. Nenhum tiro lhes incomodava, eles estavam blindados, protegidos contra balas.

— *E esse o que veio aqui fazer?*

— *Veio pedir panos. Precisam deles para iniciar outros que se oferecem para ser naparamas.*

Então, falei a Surendra da noite em que surpreendi um desses homens na cabana do velhote. Relatei a teimosia de minha mãe, insistindo que era o espírito do marido.

— *Ela tinha razão, Kindzu. Você viu foi seu pai.*

— *Mas, Surendra...*

— *Pode ter certeza. Era o seu falecido.*

— *Me explique, Surendra. Me explique por que razão você quer que eu acredite em coisa que não vi.*

— *Porque não quero que sofra. Você é como o filho que Assma nunca me deu.*

E me olhou fundo, com serenidade que só a tristeza pode conceber. Seus olhos tinham modos menineiros de quem não nasceu para aprender as manhas de ser feliz. Então, a minha mão tocou o seu rosto e lhe limpei o cuspo que ainda escorria.

Uma noite os bandidos atacaram a loja do indiano, roubaram os panos, queimaram o edifício. A notícia correu rápido. Ninguém dispensou nenhum sentimento pela desgraça de Valá. Ele era um de fora, nem merecia as penas. Eu corri para saber o que passara. Encontrei Surendra no pátio de sua velha casa, cheio de trouxas à volta.

— *Vou-me embora, Kindzu!*

Aquele anúncio me rasgou. O comerciante sempre me dera certeza de ficar. *Nós fazemos negócio, sempre adaptamos*, justificava. *Faça guerra tanto como não: monhé está sempre na meio*, brincava ele imitando as falas dos outros indianos. Agora a decisão dele me deixava em total angústia. Tantas infelicidades me tinham aleijado: o desaparecimento de meu irmão, a morte de meu pai, a loucura de minha família. Mas nada me afetou tanto como a partida do indiano. Tentei convencer o homem a deixar-se por ali. Em vão. Surendra possuía fundas razões:

— *Tu tens antepassados, Kindzu. Estão aqui, moram contigo. Eu não tenho, não sei quem foram, não sei onde estão. Vês, agora, o que aconteceu? Quem é que me veio consolar? Só tu, mais ninguém.*

Eu não queria entender o lojeiro. Porque suas palavras matavam a miragem de um oceano que nos unira no passado.

Afinal, Surendra estava sozinho, sem laço com vizinhas gentes, sem raiz na terra. Não tinha ninguém de quem despedir. Só eu. Ainda insisti, subitamente pequenito, entregando ideias que meu peito não autenticava. Que aquela terra também era a dele, que todos cabiam nela. Só no falar senti o sabor salgado da água dos olhos: eu chorava, o medo me afogava a voz.

— *Que pátria, Kindzu? Eu não tenho lugar nenhum. Ter pátria é assim como você está fazer agora, saber que vale a pena chorar.*

Antoninho, o ajudante, escutava com absurdez. Para ele eu era um traidor da raça, negro fugido das tradições africanas. Passou por entre nós dois, desdelicado provocador, só para mostrar seus desdéns. No passeio, gargalhou-se alto e mau som. Me vieram à lembrança as hienas. Surendra disse, então:

— *Não gosto de pretos, Kindzu.*

— *Como? Então gosta de quem? Dos brancos?*

— *Também não.*

— *Já sei: gosta de indianos, gosta da sua raça.*

— *Não. Eu gosto de homens que não têm raça. É por isso que eu gosto de si, Kindzu.*

Abandonei a loja sombreado pela angústia. Eu agora estava órfão da família e da amizade. Sem família o que somos? Menos que poeira de um grão. Sem família, sem amigos: o que me restava fazer? Única saída era sozinhar-me, por minha conta, antes que me empurrassem para esse fogo que, lá fora, consumia tudo.

Mas as dúvidas me ocuparam: poderia eu fugir daquele lugar maldiçoado? Recordei as palavras de Surendra: *fica, tu não sabes o que é andar, fugista, por terras que são de outros.* Falava como se ele próprio tivesse sido forçado a abandonar sua terra natal. Nunca soube o certo da sua estória. Nem nunca viria a saber.

Confuso, procurei meu antigo professor, o velho pastor Afonso. A escola tinha sido queimada, restavam ruínas de cinza. Fui a casa dele, lá na localidade. O pastor morava em madeira-e-zinco. Cheguei na ordem dos respeitos: encontrei foi luto. O professor tinha sido assassinado. Acontecera na noite anterior. Cortaram-lhe as mãos e deixaram-lhe amarrado na grande árvore onde ele teimava continuar suas lições. As mãos dele, penduradas de um triste ramo, ficaram como derradeira lição, a aprendizagem da exclusiva lei da morte.

Nesse desespero me veio, claro, um desejo: me juntar aos naparamas. Sim, eu queria ser um desses guerreiros de justiças. Já me via, tronco despido, colares, fitas e feitiços me enfeitando. Sacudi a ideia, tocado pelo medo. Eu me dividia entre a escolha de um destino de briga e a procura de um cantinho calmo, onde residisse a paz. Afinal, eu estava como dizia o cantador da aldeia: *no sossego, sou cego; na timaca não vejo.*

Qualquer que fosse minha escolha uma coisa era certa: eu tinha que sair dali, aquele mundo já me estava matando. A primeira vez que duvidei no assunto nem dormi. Meu pai me surgiu no sonho, perguntando:

— *Queres sair da terra?*

— *Pai eu já não aguento aqui. Fecho os olhos e só vejo mortos, vejo a morte dos vivos, a morte dos mortos.*

— *Se tu saíres terás que me ver a mim: hei-de-te perseguir, vais sofrer para sempre as minhas visões...*

— *Mas, pai...*

— *Nunca mais me chames de pai, a partir de agora serei teu inimigo.*

Eu queria falar-lhe mas ele saiu-me do sonho. Acordei transpirado do lençol à cabeça. Eu estava aterrorizado com a ameaça do espírito de meu pai.

Saí pelo fresco da manhã, a curar-me das noturnas visões. Fui ao centro da aldeia, à grande sombra do canhoeiro. Lá sentavam os mais velhos, de manhã até de noite. Eu queria ouvir suas antigas sabedorias. Disse-lhes que queria sair, juntar-me aos guerreiros naparamas. Os velhos nada falaram. Ficaram mastigando o tempo, renhenhando. Um deles, por fim, se abriu:

— *Meu filho, os bandos têm serviço de matar. Os soldados tem serviço de não morrer. Nós somos o chão de uns e o tapete dos outros.*

— *Não é mais uma razão para me juntar aos guerreiros blindados?*

— *Deixa a guerra, filho. A morte só ensina a matar.*

Primeiro, explicaram, eu devia era tratar o assunto de meu pai, sossegar sua morte. Enquanto eu não despedisse dele de boa maneira, a minha vida seria um indesatável novelo. Concordei. Mas como poderia vencer aquela raiva do falecido?

— *Teu pai não fala por boca dele, é um morto que endoidou. Por causa das coisas que se passam na nossa terra.*

Palavraram muita coisa sobre o estado de saúde do falecido mas eu já não lhes prestava atenção. Aquele grupo de idosos, de repente, me pareceu estar perdido também. Já não eram sábios mas crianças desorientadas. Mais que ninguém, eles sofriam a visão da terra em agonia. Cada casa destruída tombava em ruínas dentro de seus corações. As mãos do professor sangravam dentro do peito dos mais velhos. Aquela guerra não se parecia com nenhuma outra que tinham ouvido falar. Aquela desordem não tinha nenhuma comparação, nem com as antigas lutas em que se roubavam escravos para serem vendidos na costa.

— *A gente morre cheio de saudades da vida*, disse um deles.

Eu queria juntar-me aos naparamas? Esses combatentes que eu sonhava, com certeza, não existiam em realidade. Os velhos punham desconfiança: os tais guerreiros não eram naturais da nossa terra, seus feitiços não eram dominados por nossos poderes. O melhor, então, seria fugir? Contudo, para onde? Não havia sítio para onde escapar. A guerra se espalhara por todo o país. Em todo o lado, se repetiam as balas, se espalhavam as apressadas sementes da destruição. Onde quer que eu fosse, o espírito de meu pai me haveria de encontrar.

Eu ouvia os anciãos e ainda duvidava: não restaria, ao menos, um lugarinho onde eu me encontrasse em privado sossego? Um sítio que a guerra tivesse esquecido? Isso, os mais velhos desconheciam. Seu mundo terminava ali, tudo o resto se fazia mais longe que o impossível.

— *Só o nganga lhe pode ajudar. Talvez ele sabe um lugar sossegadinho.*

Sim, eu deveria consultar o adivinho. Só ele podia saber do tal recantinho, coisa de eu guardar meus sonhos. Contudo, eu nunca poderia lhe falar sobre os naparamas. Isso era competência dos feiticeiros do Norte.

Anoitecia quando me afastei do frondoso canhoeiro. Já se fazia tarde mas, ainda assim, passei pela cabana do nganga.

— *Esse lugar existe mas sofre de lonjura muito comprida.*

Foi o dito do curandeiro, as duas mãos sobre os joelhos. *O problema não é o lugar*, disse, *mas o caminho.*

— *O caminho?*, perguntei.

— *Veja o seu pai, maneira como aconteceu com ele.*

Não entendi. O adivinho alisava as pernas joelhudas, parecia tirar delas a força de adivinhar. Então, ele me confessou estranhas coisas. Disse que havia duas maneiras de partir: uma era ir embora, outra era enlouquecer. Meu pai escolhera os dois caminhos, um pé na doideira de partir, outro na loucura de ficar.

— *Por isso eu digo: não é o destino que conta mas o caminho.*

Que ele falava de uma viagem cujo único destino era o desejo de partir novamente. Essa viagem, porém, teria que seguir o respeito de seu conselho: eu deveria ir pelo mar, caminhar no último lábio da terra, onde a água faz sede e a areia não guarda nenhuma pegada. Eu que levasse o amuleto dos viajeiros e o guardasse em velha casca do fruto ncuácuá. E procurasse os confins onde os homens não amealham nenhuma lembrança. Para me livrar de ser seguido por meu pai eu não podia deixar sinais do meu percurso. Minha passagem se faria igual aos pássaros atravessando os poentes.

Segui o conselho dos anciãos evitando o assunto dos naparamas. O nosso adivinho se iria sentir magoado de não saber mexer em meus pedidos. Me calei, ouvidor de seus demorados conselhos.

— *Te vais separar dos teus antespassados. Agora, tens de transformar num outro homem.*

O velho nganga atirou os ossinhos mágicos sobre a pele de gazela. Os ossos caíram todos numa linha, disciplinados.

— *Está ver, todos linhados? Isso quer dizer: você é um homem de viagem. E aqui vejo água, vejo o mar.*

O mar será tua cura, continuou o velho. *A terra está carregada das leis, mandos e desmandos. O mar não tem governador. Mas cuidado, filho, a pessoa não mora no mar. Mesmo teu pai que sempre andou no mar: a casa onde o espírito dele vem descansar fica em terra.*

— *Vais encontrar alguém que te vai convidar para morar no mar. Cuidado, meu filho, só mora no mar quem é mar.*

Estas foram as falas do adivinho, palavras que nunca eu decifrei a fundura.

Assim, por conselho de sombrias dicções, me arrojei a preparar minha canoa para com ela subir praias, na espera de me livrar da desgraça. Minha vontade mais funda, porém, continuava em ser um naparama, vingador das tristezas da minha gente. As lembranças de Junhito, do pastor, de Surendra se juntavam numa única jura: meus braços haveriam de se cobrir de panos vermelhos, meu corpo desafiaria as balas.

Me despedi de minha mãe, ela nada não falou. Nem levantou seu rosto, não me desejou nenhuma bênção.

— *Mãe: outro alguém é preciso para levar comida ao nosso pai.*

Esse alguém seria ela, eu sabia. Ela baixou o rosto, anonimando-se como era seu costume. Falou em desfio de voz, me obrigando a chegar mais perto.

— *Tenho-lhe visto aí, parece um bêbado, por fora das noites. Não diga você recebeu doença de seu pai de morar no sonho.*

Neguei. Nunca eu tinha reparado que saía de mim, sonhambulante. Depois, minha mãe me fez um sinal para que eu me chegasse. Pegou-me no braço e baixou a minha mão sobre seu ventre.

— *É o quê, mãe?*

— *É que estou grávida, maistravez.*

A velha devaneava, sonhatriz. Com aquela idade como podia ela se duplicar? A voz dela, porém, trazia certezas capazes de me confundir.

— *Estou grávida, filho. Não é de agora, é já de muito tempo.*

— *Muito tempo, quanto?*

— *São anos que guardo essa criança. Nem quero ela nascer nesse tempo. Fica assim dentro de mim, me companha o coração.*

Lhe afaguei o ventre, entregando àquele meu escondido irmão a guarda de minha mãe. Deixei o caminho antigo da casa, olhei a paisagem, o paciente verde. Meus olhos derretiam aquelas visões, fosse para guardar o passado em navegáveis águas. Era noite quando a canoa desatou o caminho. O escuro me fechava, apagando os lugares que foram meus. Sem que eu soubesse começava uma viagem que iria matar certezas da minha infância. Os ensinamentos da escola, os conselhos do pastor Afonso, os sonhos de Surendra: tudo isso iria esvair na dúvida. Me olhei, e me vendo leve, sem carga, lembrei as palavras de meu pai:

— *Quem não tem amigo é que viaja sem bagagem.*

Segundo capítulo

AS LETRAS DO SONHO

POR CIMA DA PÁGINA, Muidinga espreita o velho. Ele está de olhos fechados, parece dormido. "Fim ao cabo, tenho estado a ler apenas para minhas orelhas", pensa Muidinga. "Também há já três noites que vou lendo, é natural o cansaço do velho", condescende Muidinga. Os cadernos de Kindzu se tinham tornado o único acontecer naquele abrigo. Procurar lenha, cozinhar as reservas da mala, carretar água: em tudo o rapaz se apressava. O tempo ele o queria apenas para mergulhar nas misteriosas folhas. O miúdo, em si, se intriga: quem seria o autor dos escritos? O homem de camisa sanguentada, estendido ao lado da mala, seria o tal Kindzu? A voz de Tuahir o surpreende:

— *Aposto você está pensar nessa porcaria dos cadernos.*

— *Como sabe?*

— *Você, agora, nem faz outra coisa. Já me chateia.*

O jovem passa a mão pelo caderno, como se palpasse as letras. Ainda agora ele se admira: afinal, sabia ler? Que outras habilidades poderia fazer e que ainda desconhecia?

— *Tuahir, não se zanga se lhe chamar de tio...*

— *Que queres, diga lá?*

— *Me conte sobre a minha vida. Quem eu era, antes do senhor me apanhar?*

— *Tio, tio, tio! Essa palavra só me desgosta...*

— *Conte, lhe peço.*

— *Você nem tem estória nenhuma. Lhe apanhei no campo, ganhei pena de lhe ver aranhiçar, com pernas que já nem conheciam andamento...*

— *Mas o senhor me conhecia, sabia quem eu era?*

— *Nada. Você nunca me foi visto. Agora, acabou-se a conversa. Apague a fogueira.*

O miúdo desiste de mais pergunta. Por que razão o velho teima em não lhe revelar nenhum passado? Seria verdadeira aquela ignorância dele? Há tempos que os dois estão juntos. O velho lhe dedica paciências, em paternais maternidades. Sem nunca lhe escapar uma ternura. A conversa também é pouca, sem desperdício de palavra. Tuahir volta a insistir para que extinga o fogo. Dentro do carro é um perigo, argumenta. Mas o miúdo resiste, tem medo do escuro. A fogueirinha ajuda a vencer o medo. Ler os escritos do morto é um pretexto para ele não enfrentar a escuridão. A decisão de Tuahir se impõe, reinam as trevas. O respirar dos adormecidos é um ruído que inquieta. Como se neles soasse uma outra alma.

Passado tempo, Muidinga acorda em sobressalto. Uma massa viscosa lhe raspa o rosto, fosse o ventre de uma cobra escorrediça. A medo espreita pela fresta das pálpebras: um monstro lhe lambe a cara. Visto assim, de baixo para o topo, o focinho ganha medonhas dimensões. Aquilo parecia o planeta, todo de chifre. O sol ainda não todo emergira no horizonte. Na obscuridade, Tuahir grita:

— *Não mexa, miúdo.*

Imóvel, o garoto espera. A imagem esbatida se revela então a seus olhos: é um cabrito pastando em seu rosto. O caprino roda a cabeça estudando se o vulto que lambeu é ou não comestível. Tuahir sai do banco e avança, gatinhoso, pé posto em cautela. Se aproxima por trás e dispara um puxado pontapé no animal. Um méééé se amplia pela noite.

— *Hidjii! Afinal, é um cabrito!*

— *Pensava era o quê?*

— *Pensava era uma hiena. A hiena é que gosta de comer nariz de gente.*

O cabrito não vai longe. Sai do autocarro, sacode a cauda. Tuahir enxota o bicho. Em vão.

— *Vou lá correr com ele, tio.*

— *Vai. Mas não aproveite o caso para me voltar a chamar tio.*

Muidinga se ergue. Sai da carcaça do autocarro, pega numa

pedra e lança-a sobre o cabrito. O bicho troteia em coices, de casco e caganitas. Mas não se alonja.

— Deixa lá. Ele sente falta das pessoas. Eu também começo sentir falta de cabrito. Principalmente aqui no estômago.

— Vamos comer o bicho?

Surge ali um novo motivo de briga. Muidinga opõe-se a que o bicho seja morto. O cabrito lhe dá um sentimento de estar em aldeia, longe daquele lugar perdido. No facto, se passava o inacreditável: um bicho lhe trazia de volta o sentimento da família humana. O velho insiste em assar o cabrito: o rapaz deixasse o tempo passar e pensaria mais com a barriga. A fome quando ferra nos faz feras. Muidinga retira uma corda da maleta. *Vou amarrar o bicho aqui pertinho*, anuncia.

— Pertinho não. Deixe ele solto longe, sem corda.

O miúdo entorta o nariz, decidido a desobedecer. Não queria que o animal escapasse. Procura nas redondezas um ramo à altura de receber um nó. Então se admira: aquela árvore, um djambalaueiro, estava ali no dia anterior? Não, não estava. Como podia ter-lhe escapado a presença de tão distinta árvore? E onde estava a palmeira pequena que, na véspera, dava graça aos arredores do machimbombo? Desaparecera! A única árvore que permanecia em seu lugar era o embondeiro, suportando a testa do machimbombo. Seria coisa de crer aquelas mudanças na paisagem? Muidinga hesita em consultar Tuahir. Ele haveria de desdenhar com aquele riso de peixe, a boca à espera de entender a graça. Decerto, lhe acusaria de tontice. Ou ainda pior: lhe lembraria a doença em que se havia exilado não da vida mas da humana meninice. Assim, Muidinga optou por deixar o assunto.

Se despede do cabrito e torneia a árvore de fruta que tanto o intriga. Recolhe um djambalau, examina o negro fruto. O dia já se ergueu, as sombras vão minguando na quentura do chão. O sol, voluminoso, sucessivamente sempre sendo um. Muidinga imagina como será uma aldeia, essas de antigamente, cheiinhas de tonalidades. As colorações que devia haver na vila de Kindzu antes da guerra desbotar as esperanças?! Quando é que cores voltariam a florir, a terra arco-iriscando?

Então ele com um pequeno pau rabisca na poeira do chão: "AZUL". Fica a olhar o desenho, com a cabeça inclinada sobre o ombro. Afinal, ele também sabia escrever? Averiguou as mãos quase com medo. Que pessoa estava em si e lhe ia chegando com o tempo? Esse outro gostaria dele? Chamar-se-ia Muidinga? Ou teria outro nome, desses assimilados, de usar em documento?

Mais uma vez contempla a palavra escrita na estrada. Ao lado, volta a escrevinhar. Lhe vem uma outra palavra, sem cuidar na escolha: "LUZ". Dá um passo atrás e examina a obra. Então, pensa: "a cor azul tem o nome certo. Porque tem as iguais letras da palavra 'luz', fosse o seu feminino às avessas".

De súbito, lhe chegam sons distantes no tempo, semelhando gritos de meninagem em recreio. O menino estremece: aquela era uma primeira lembrança. Até ali ele não se recordava de ocorrência anterior à enfermidade. Corre em balbúrdias para o autocarro.

— *Tio, tio! Eu me lembrei de minha escola!*

Tuahir sorri, carantonhoso. Faz conta que nem ouve, entretido com nenhuma coisa. O rapaz repete, sacudindo o falso-dito tio.

— *Me lembrei, juro!*

— *Te lembraste o quê?*

— *Das vozes, da barulheira dos outros meninos.*

— *Escuta uma coisa de vez por todas: nunca houve nenhuns outros meninos, nunca houve nada. Ouviste? Fui eu que te apanhei, baboso e ranhado, faz conta tinhas sido dado parto assim mesmo. Nasceste comigo. Eu não sou teu tio: sou teu pai.*

Empurrado com brusquidão, o miúdo tomba sobre os ferros do machimbombo. Afinal, era essa a razão de ele negar ser chamado de tio? Era esse o motivo por que o velho lhe ocultava todo seu passado? Então, o miúdo sorri com doçura e se ergue sobre os joelhos. O corpo lhe tropeça numa fraqueza e volta a permanecer de gatas. O velho se apressa a debruçar sobre ele, em aflição:

— *Lhe aleijei, miúdo?*

Assim como está, Muidinga se limita a negar com a cabeça. Tuahir insiste:

— *Então, se está sentir mal? Lhe voltou a doença?*

O rapaz se volta a erguer e enfrenta o velho. Seu rosto está sereno, parece acrescentado de uma repentina idade:

— *Se esse é o seu medo vou dizer o seguinte: lhe gosto mesma coisa fosse o autêntico meu pai.*

Tuahir reage, apanhado em armadilha. E se torna grave: *Levante-se, miúdo! Por que que é que anda a gatinhar pelo chão feito um cabrito?* Ambos se separam e se arrumam em quietude. Ficam assim, amuados até serem surpreendidos por barulhos que chegam do mato. O miúdo se levanta, precipitado. Acredita serem pessoas que se aproximam. Ensaia correr, sua intenção é entregar-se de braços, seja quem for que se aproxime. Mas Tuahir lhe corta o gesto com secura:

— *Não mexa, miúdo!*

— *Porquê? É gente que está vir. Vêm para nos tirar daqui...*

Não termina a frase. A mão do velho se calca sobre os seus lábios, impondo o grave silêncio. Então, por entre os altos capins, assoma um elefante. O bicho se arrasta, cansado do seu peso. Mas há no demorar das pernas um sinal de morte caminhando. E, na realidade, se vislumbra que, em plenas traseiras, está coberto de sangue. O animal se afasta, penoso. Muidinga sente o golpe da agonia em seu próprio peito. Aquele elefante se perdendo pelos matos é a imagem da terra sangrando, séculos inteiros moribundando na savana.

— *Dispararam sobre o bicho.*

— *Quem foi, tio?*

— *São esses da guerra. Querem os dentes para vender lá fora.*

Se voltam a sentar em silêncio. Há uma tristeza que nem o cantarolar do velho consegue dispersar.

— *Tio Tuahir: estou a pensar uma coisa. Mas o senhor vai zangar, eu sei.*

— *Você anda pensar de mais. Não lhe devia ter curado tanto. Um bocadinho de doença até lhe ia fazer bem. Chateava menos...*

— *Mas, tio, é só imaginar. É um sonho que tenho...*

— *Não pensa, rapaz. A vida é tão curta, você quer encher ela de tristezas?*

— *Não, tio. Estou a pensar... Não, é melhor não dizer.*

— *É melhor, mesmo. Fica calado.*

Muidinga insiste depois de um silêncio. O velho já tinha regressado ao cantochão.

— *Vou dizer. Estou a pensar eu sou Junhito.*

— *Quem é Junhito?*

— *Junhito, esse menino do escrito que eu li, aquele da capoeira.*

— *É pena não ser mesmo. Porque se fosse galinha, já eu lhe depenava para um bom caril.*

— *Estou a falar sério, tio Tuahir.*

— *E se vai calar muito sério, também.*

O miúdo realmente se mantém calado até ao fim do dia. Já escurece quando reentram para o machimbombo e se preparam para deitar. Mais uma vez lhes chega o barulho do elefante. Parecia um rastolhar, lá longe. Quem sabe o bicho se findou, tombado no vasto chão? O escuro se aproveita para entrar dentro do refúgio dos dois esperantes.

— *Tio, posso acender a fogueira?*

— *Acenda lá fora.*

— *Mas eu queria ler, tio.*

— *Leia lá fora.*

Muidinga arruma uns paus secos e transporta consigo os escritos de Kindzu. Acende o fogo na berma da estrada. Depois, se instala para ler em comodidade o segundo caderno. A voz de Tuahir o sobressalta:

— *Não vai ler isso sozinho, pois não?*

Segundo caderno de Kindzu

UMA COVA NO TETO DO MUNDO

DESDE A NOITE EM QUE SAÍ DA ALDEIA meus braços cumpriam o serviço de me levar. Viajava sempre junto do litoral, onde a água tropeça em espuma branca. Outras vezes, caminhava por terra firme, puxando o barquito por uma corda. Dava assim repouso a meu concho, cansado de tanta vaga. Na ponta da corda, o barco parecia um burrico, troteondeando no sobidesce da água.

A viagem mal começava e já o espírito de meu velho me perseguia. Quando olhei à minha trás vi que os remos deixavam um rasto no mar, duas linhas de buracos. Essas pegadas na água eram as marcas do chissila, esse mau-olhado que me castigava. Assim, eu desobedecia da jura de nunca deixar sinais de minha viagem. Lembrei o conselho do nganga e tirei a ave morta debaixo do meu assento. Estava preparado para essa batalha com as forças do aquém. Em cada pegada deitei uma pena branca. No imediato, da pluma nascia uma gaivota que, ao levantar voo, fazia desaparecer o buraco. O voo das aves que eu semeava ia apagando meu rasto. Dessas artes, eu vencia o primeiro encostar de ombros com os espíritos.

Mas não imaginava o tanto que me faltava vencer. Porque mais me nortava e mais estranhas sucedências me ocorriam. Nem lembro os quantos momentos que o vento rasgou as velas. Dos pedaços rasgados se formaram peixes que me rodavam sobre a cabeça. Até meus remos foram motivo de feitiço. Sua madeira começou a verdejar, brotaram-lhe folhinhas: os remos se convertiam em árvores. Deixei-lhes na água e, quando os soltei, se afundaram, esquecidos de sua obrigação. Continuei remando com minhas próprias mãos e tanto as usei que, entre os dedos, me nasceram peles sobressalientes. Dentro da água eu sentia as escamas no lugar da pele. Lembrei as palavras do feiticeiro: no mar, serás mar. E era: eu me peixava, cumprindo sentença.

Meu verdadeiro episódio, contudo, começa nas areias de Tandissico onde o mar se abre como uma palavra azul. Ou quem sabe, ali, a cor do azul é a própria água? Aquela manhã estava bem-disposta, aplaudida pelo sol. Empurrei meu barco, prendi as velas, soltei a âncora. Sentei na berma e me servi do cantil. Depois, caminhei nas dunas, passeando os olhos por aqueles imensos. Foi quando, num súbito, vi uma mão sair da terra. Subiu no espaço e, avançando no desajeito de um cego, me agarrou a perna. Tombei, gritando. Consegui me soltar. Depois, levantei e corri pelo areal até me esgotar. Parei, caí sobre os joelhos e despejei em mim todo o cantil.

Melhorei, deixei de tremelejar? Nem hoje ainda sei. Como posso segurar essa lembrança sem estremecer? Pois, daquele areal foram saindo outras mãos, mãos e mais mãos. Pareciam estacas de carne, os dedos remexendo com desespero de passaritos pedindo comida. Confesso: naquele momento, chorei, igual uma criança.

Fiquei nesse prantochão até que o cheiro de passos me chegou. Levantei os olhos: ele ali estava! Nem eu posso trazer o recordo dessa figura. Suas formas não figuravam um desenho de descrever, semelhando um malfeitor vindo dos infernos. Sempre eu só ouvira falar deles, os psipocos, fantasmas que se contentam com nossos sofrimentos. Ali estava um deles, inteiro de sombra e fumo. Segurou a pá e começou a covar. A areia se convertia em água e se soltava com barulho líquido. Não, não deliro: salpingaram-me gotas, eu senti. Num instante e já a cova era obra acabada.

— *Entra!*

Me encolhi acreditando serem meus finais tormentos. Por modos de dizer, eu mijava pelos calcanhares. Mas a morte é um repente que demora. A aparição se abaixou e disse:

— *Fica saber: o chão deste mundo é o teto de um mundo mais por baixo. E sucessivamente, até ao centro, onde mora o primeiro dos mortos.*

O xipoco rodou a pá sobre a cabeça, se algazarrando em berraria:

— *Entra na cova!*

Como eu não comparecesse ao chamamento, ele me segurou pelos braços e me puxou. Usava as violências? Não. Essa é a estranheira: ele me manejava com delicadeza, vice-versátil, quase me fosse cinturar para uma dança. Então, me senti tombar em seus braços, sucumbente. E o mundo se apagou em toda a volta.

Regressei daquele pesadelo já era noite. Despertei coberto de areia, cabelos e grãos num igual despenteamento. Só eu queria era sair dali, esvanecer-me. Que rumo iria seguir? Pisar a areia já não podia: as mãos do pesadelo ainda me roçavam o medo. Não havia que procurar, esmiudar direções. Afinal, a luz do cego está na sua mão. Assim, peguei a canoa e, ao acaso, puxei viagem, ondas adentro. Olhei o fundo escuro da noite, lá onde o mar toca os pés de Deus. Deixei os olhos nesse infinito, fosse ali que o céu se senta sobre a terra, o lugar onde dizem que as mulheres se devem joelhar para pilar o milho.

E remei por dias compridos, por noites infinitas. Usava meus braços para empurrar o barco. Se o cansaço é uma velhice súbita eu já me contava pelas últimas idades. Não sei quanto tempo passou. Lembro mais são as noites. Lembro as estrelas, longínquas vizinhas que não dormiam. Lembro a lua se exibindo como medalha no decote da noite. Eu olhava o astro, suas pratas. Maldiçoava minha sina: os cornos da lua sempre apontavam para cima! Meu pai me ensinara a ler as luas.

Aquelas pontas, viradas para o alto, eram o sinal que a desgraça continuava apostada em mim. E me marrecava na canoa, ingénio, acrediteísta. Era justo aquilo? Que mal eu fizera? Ia pondo a vida em recapítulos, havia sim as desvirtudes, bondosas atropelias. Em que vida não figuram? É como não se encontrar pedaço de lenha seca no chão do Inferno. Mas sempre cumpri os comportamentos aconselhados pelos mais velhos. Eu me dedicara a ser filho, aprendedor do meu destino. O barco em que seguia fora abençoado nas devidas cerimónias, eu lhe pusera o nome de meu pai: Taímo. Na primeira viagem, a todos eu premiara com comida e bebida, a gente festejara em cima do barquinho como mandam as tradições. Por que motivo, então, tanta coisa se azarava em meu caminho? No fundo, eu adivinhava a resposta.

— *Pai, não me castiga dessa maneira*, suspliquei.

À volta, nenhuma resposta. Só as ondas se sucediam, em cada onda o mar se despindo sem nunca chegar à nudez. Eu estava preso naquele infinito. Sempre a água me trouxera facilidades, nela eu ficava no à-vontade de gafanhoto em capinzal. Naqueles momentos, porém, me concorriam confusas desordens. Me vinha vontade de regressar, tornar a alimentar o meu falecido velho, me simplificar no nada acontecer da aldeia. Sentia saudade das tardes com Surendra. Lá, em minha aldeia, no sempre igual dos dias, o tempo nem existia. Contudo, o atual desejo de me tornar um naparama me fez continuar. Sacudi aqueles pensamentos que me convidavam a deixar a viagem. As ideias, todos sabemos, não nascem na cabeça das pessoas. Começam num qualquer lado, são fumos soltos, tresvairados, rodando à procura de uma devida mente.

Numa das seguintes noites, escuras de perder o próprio nariz, tive, quem sabe, um sonho. O mar parava, imovente. As ondas se aplanavam, seu rugido emudecia. Havia uma calmia dessas que precederam o nascer do mundo. Então, súbito e inesperado, das fundezas emergiram os afogados. Vinham ao de cimo, borbulhavam em festa. Entre eles estava meu pai, idoso como não o tínhamos deixado. Chamou-me, saudou-me sem nenhum afeto.

— *Fizeram bem não me enterrar. Esse chão está cheiinho de mortos.*

Eu esperava dele um pequeno sentimento paterno, por deslize que fosse. Mas nem agora, regressado, ele se dedicava. Se limitava a prosapiar sobre o sítio para onde transitara. Não estava satisfeito com os aléns. Também lá não sucedia o sossego: toda a hora os ossos disputavam lugar nos seus antigos corpos. Na confusão, eles se baralhavam todos e se combinavam em desordem, ossos de uns em corpos de outros. No resultado, se pariam desencontrados monstros.

— *E tu, filho, que andas por esses caminhos selvagens? Não sabes estes trilhos não foram limpos dos xicuembos? Ou queres cair nas boas desgraças?*

Quando eu tencionava responder, lhe falar de minha entrega aos guerreiros blindados, já meu pai me dava as costas. Mesmo depois de morto, chegado em mim só em sonho, ele me ignorava. Chamei por ele e, voz erguida, me expliquei: eu estava a ser guiado por minha vontade. E essa vontade fora ele que me ensinara. Ao fim ao cabo, eu estava cumprindo suas silenciosas ordens. Mas meu pai, o velho teimoso Taímo, negou que fossem suas ordens. Ele me comparou aos mortos. Eles andavam com ossos desencontrados; eu andava com alma de um outro.

— *Podes ter certeza: minhas ordens não são. Lá, só ouço teus passos. O que procuras, afinal?*

— *Vou ajudar a acabar com essa guerra. Me acredita, pai.*

Ele sorriu, desprezador. Eu, se me pensava esperto, não descobrira a razão da vida estar a correr às mil porcarias? Tudo aquilo era castigo encomendado por ele, meu legítimo pai. Minhas desavenças, os tropeços que sofria, provinham de eu não ter cumprido a tradição. Agora, sofria castigos dos deuses, nossos antepassados. Lamentava-se da cansativa morte:

— *Sou um morto desconsolado. Ninguém me presta cerimónias. Ninguém me mata a galinha, me oferece uma farinhinha, nem panos, nem bebidas. Como posso te ajudar, te livrar das tuas sujidades? Deixaste a casa, abandonaste a árvore sagrada. Partiste sem me rezares. Agora, sofres as consequências. Sou eu que ando a ratazanar teu juízo.*

— *Mas, pai, durante todos os dias eu te levava comida...*

— *Nas primeiras noites, sim. Depois, nunca mais eu vi nada de comer. Só a panela vazia, mais nada.*

— *Alguém comia...*

— *Ninguém toca em prato de defunto.*

O velho Taímo se explicou: eu não podia alcançar nada do sonhado enquanto a sombra dele me pesasse. A mesma coisa se passava com a nossa terra, em divórcio com os antepassados. Eu e a terra sofríamos de igual castigo. Depois, avançou ameaças: já que eu tanto queria a viagem, num dado entardecer, me haveria de aparecer o mampfana, a ave que mata as viagens. *Estará de asas abertas, pousado sobre uma grandíssima árvore*, disse ele.

— *Não pai, não faça isso.*

Riu-se do meu medo. Levantou os ombros, tão magros que, ao subirem, arrastavam todo o corpo para cima. De novo se ia retirar quando estancou, emendando-se:

— *Quando encontrar o mampfana me chame, então. Talvez eu lhe escute, nesse momento. Mas não esqueça de trazer boa sura. Não vou fazer cerimónia sem ela.*

Afastei o assunto, temedroso do amanhã. Não queria deixar o sonho acordar sem saber notícias de casa. Perguntei-lhe por minha mãe, em que destino ela se infortunara. Meu pai me sossegou. E me revelou: nos primeiros tempos, enquanto ele aprendia a ser morto, a velha parecia há já muito saber da viuvez. Ele que, em vida, sempre fora um vira-gatas, agora lhe permanecia fiel. Meu pai se tinha mantido seu marido-defunto, com a vantagem da casa posta, comida aprontada. No passar do tempo, porém, a nossa mãe lhe tinha largado com outro: casara com um vivente.

— *Não é verdade. A mãe não casou-se.*

— *Sim, foi depois que você saiu. Agora estou sozinho, viúvo--solteiro.*

Não era a traição que lhe magoava. Custava-lhe estar falecido sem companhia. Perguntei-lhe por que razão não escolhia uma outra mulher. Respondeu que era assunto já tratado. O nhamussoro já anunciara o pedido a uma outra mulher, dessas que moram do lado da vida.

— *Então tem uma esposa viva?*

— *Tenho, sim. Ela já adoeceu, conforme os mandamentos da tradição. A sua família está-lhe a vigiar. Agora, ela já me pertence, não pode dormir com nenhum homem seja vivo ou seja morto. Você me podia até fazer favor de controlar essa minha nova esposa.*

— *Quem é essa mulher? Ela é da nossa aldeia?*

— *Essa mulher... ela... Podes deixar, eu trato sozinho o assunto.*

— *Mas pai, me deixe ajudar, eu queria tantíssimo lhe ajudar.*

— *Você o que é que sabe? Só sonhar, mais nada.*

— *Me diga o nome dessa sua esposa. Me diga, pai.*

Ele então baixou o rosto, parecendo pesar uma vergonha. Se torcia, dentro dele, uma trapalhosa angústia. Por fim, sussurrou:

— *É mentira, filho. Nenhuma mulher não há.*

Pela primeira vez, eu senti pena de meu pai. Queria consolar aquela tristeza dele, levar minha mão a um gesto de carinhar. Súbito, porém, o mar voltou-se a mover, parecia uma imensa capulana a ser ventada. Meu barquinho, desamparado, foi atirado para uma desconhecida praia. Estava para terminar o sono da água. Meu pai se assustou: *tenho que voltar!*

— *Pai, fica só mais um bocadinho.*

Eu lhe queria guardar no mais do tempo, amolecer em estado de filho. Ele acedeu demorar-se um tantito. Nos sentámos na praia de areia brilhante. Eu desejava que ele me contasse as estórias que nunca tinha desfiado. Mas ele ficou suspenso, fechado como era seu costume. Para entreter o silêncio peguei um pauzito e pus-me a riscar a terra. O chão estava crivejado de casinhas de caranguejo. De vez em quando espreitavam, lançando seus olhos telesféricos. Mas o sonho me dava mais sono. Era dessas profundezas que só a infância concede.

— *O senhor está bem-disposto, não é, pai?*

— *Sim, estou. Fez-me bem morrer.*

Pedi licença para me recostar em seu colo, como sempre eu ansiara no antigamente. Ele nada não respondeu. Me pareceu gasto por muitas idades comparado com a memória que eu tinha dos tempos. Enquanto esperava por deferência dele, minha voz se meninava:

— *Pai, a terra não envelhece. É porquê?*

— *É porque trabalha deitada. Quando cansa ela já está em sua esteira, quieta no sono dela. Aprendi muito da terra. É o que você devia fazer.*

Aquilo era conversa aguada, sem assunto de merecer. Meu desejo era somente morar um pouco naquele sossego, distrair as pressas dele. Deitei mais um cacimbinho sobre a névoa:

— *Mas, pai, me conte quando dava de beber sura aos cabritos...*

Ele soltou o bom riso, recordou a zangaria de minha mãe lhe vendo servir bebida aos animais. Ninguém entendia porque ele fazia aquilo.

— *E era porquê?*

Era para os bichos não sofrerem da falta de pasto. Os pobres estavam chupadinhos, até os chifres tinham emagrecido. Bêbados, tinham duas vantagens: primeiro, não sofriam; segundo, já iam ficando temperados de véspera.

— *Agora, já tenho inveja desses cabritos bem bebidinhos.*

Rimo-nos os dois, recordando os passos embriagados dos cabritos, parecia as quatro patas eram ainda poucas. Aquele riso me dispôs no céu. Afinal, meu pai aceitava o jogo de me vazar o medo? O velho Taímo, por fim, me fazia as pazes? Engano meu. Pois, de súbito, meu sonho revirou pesadelo. Meu pai rasgou seu riso e suas palavras se amargaram:

— *Você me inventou em seu sonho de mentira. Merece um castigo: nunca mais você será capaz de sonhar a não ser que eu lhe acenda o sonho.*

Depois, Taímo esvanecia. Minhas visões se vazavam e eu despertava, cansado, quem sabe, de não morrer.

Terceiro capítulo

O AMARGO GOSTO DA MAQUELA

MUIDINGA ACORDA COM A PRIMEIRA CLARIDADE. Durante a noite, seu sono se estremunhara. Os escritos de Kindzu lhe começam a ocupar a fantasia. De madrugada até lhe parecera ouvir os tais cabritos embriagados de Taímo. E sorri, ao se lembrar. O velho ainda ressona. O miúdo se espreguiça ao sair do machimbombo. O cacimbo é tão cheio que mal se enxerga. A corda do cabrito permanece atada aos ramos da árvore. Muidinga puxa por ela para trazer o bicho às vistas. Então, sente que a corda está solta. O cabrito fugira? Mas, se assim tinha sido, qual a razão daquele vermelho tintando o laço?

— *Tio, tio! Comeram o cabrito!*

O velho sai aos desengonços, tropernando pelas escadas do machimbombo. Primeiro, fica parado, perplexo, a digerir névoas. Depois vai pilando raivas, mãos à cabeça, espicaçador.

— *Quem disse para amarrar a merda do cabrito aqui?*

Grita com superiores ganas de rachar o mundo. Segura a ponta da corda, sacode-a perante o nariz. Muidinga se admira de tais fúrias. Que lamentava o velho assim tão espalhafarto?

— *Deve ter sido uma hiena, tio...*

O velho, ríspido, agarra a cabeça do rapaz e lhe esfrega a corda no rosto.

— *Veja essa corda, satanhoco. Veja!*

O pobre miúdo nem que quisesse. A mão do velho lhe alicateia o pescoço, dobrando seu fraturável corpo sobre os infernos. *Me largue, tio.* É a súplica que ele consegue, já tombado nos joelhos.

— *Veja aqui*, grita Tuahir. *Cortaram essa corda com faca!*

Muidinga se arrepinha. Quem estivera ali com tais laminosas intenções? Agora ele entende a fúria do velho. Um cabrito atado só servia para agarrar os olhos dos passeantes.

— *Mas, tio, não nos encontraram...*

— *Não fala comigo.*

Os azedos de Tuahir não esvanecem durante o restante dia. A noite decorre de olhos abertos, vigilantes. O matador do cabrito regressaria? O miúdo se interroga: quem seriam os noturnos saltinhadores? Matsangas? Naparamas? Simples esfomeados? Quem era que tinha sido não voltou naquela noite. Quando amanhece Muidinga se achega ao velho e se desculpa:

— *Não volto a fazer sem lhe ouvir.*

Tuahir está mais amolecido, respirando aliviado. *Fomos salvos pelo machimbombo estar queimado*, disse ele. E acrescentou:

— *Os que vieram não voltam mais. Podemos descansar...*

De novo, a morna monotonia se instala. Para distrair o tempo, tiram o banco para fora do autocarro e colocam-no no meio da estrada. Sentam-se a apanhar sol, com mais prazo que os lagartos. Muidinga repara que a paisagem, em redor, está mudando suas feições. A terra continua seca mas já existem nos ralos capins sobras de cacimbo. Aquelas gotinhas são, para Muidinga, um quase prenúncio de verdes. Era como se a terra esperasse por aldeias, habitações para abrigar futuros e felicidades. Mas o mato selvagem não oferece alimento para quem não conhece seus segredos. E a fome começa a beliscar a barriga daqueles dois. O estômago de Muidinga ronrona. O velho lhe pede contas:

— *Tem fome, não é, miúdo? Quem lhe mandou poupar o cabrito?*

O moço está derreado, parece ter regressado ao estado da doença. Está quase parente da estrada, parado e poeiroso. O velho Tuahir se aborrece com a apatia do jovem.

— *Já esqueceu falar, outra vez? É da fome isso. Sabe o que você faz? Você engole com força. É, engole saliva, faz conta está entrar comida na garganta. A fome fica confusa, assim.*

O velho executa, por gestos, a sua própria sugestão. Muidinga não reage. Tuahir ganha um súbito interesse no rosto do rapaz como se estudasse ali os espelhos baços do seu interior. Se levanta, ele e a sua voz, trabalhando juntos numa fúria:

— *Você ainda continua com essa mania de encontrar seus pais? Está proibido! Ouviste? Nem quero lhe ver pensando nesse assunto. Nunca mais.*

Vê-se que se controla para não pontapear o moço, se nota um brilho de violência como se houvessem dentes no seu olhar. Parte os ramos de um arbusto, empurra o banco onde o miúdo permanece sentado.

— *Olha, lhe vou dizer uma coisa: seus pais faleceram. Sim, eles foram mortos com balas de bandidos. É por causa disso eu sempre estou insistir: abandona essa merda de ideia.*

Vira costas. Muidinga parece impassível, sua alma desenhada só em diagonal. Era como se já soubesse, tudo aquilo não constituísse novidade nenhuma. Ou quem sabe não acreditasse na verdade da revelação. Ali ficou, estagnado o resto da manhã. É quase meio-dia quando Tuahir o sacode para anunciar que devem partir pelas redondezas. Era urgente procurar alimento, arranjar mais água.

— *Vai-se ou não-se?*

O moço se ergue, silencioso. E partem, o miúdo segue atrás, contrariado. Aquela era sua primeira incursão pelos matos. A ela se haveriam de seguir outras. Em nenhuma dessas visitas eles se afastariam demasiado do autocarro. Desta primeira vez, eles se descaminham pelo mato, por tempos demorados. Muidinga receia perder o caminho do regresso. E se o velho se perdesse e nunca mais dessem com o machimbombo?

— *Qual é o problema, Muidinga?*

— *Estou a pensar se nos perdemos...*

— *Se não voltarmos à estrada não perdemos nada.*

Era verdade: que valores arrecadava o autocarro agora que as reservas de comida se esgotavam? Porém, para Muidinga, não regressar seria enorme desgosto. Ele se admira: o que o prendia àqueles destroços na estrada? Então, lhe veio a resposta clara: eram os cadernos de Kindzu, as estórias que ele vinha lendo cada noite. E sente saudade das linhas, tantas quantos os passos que agora desfia pelos atalhos.

Ao fim da tarde chegam, enfim, a uns antigos terrenos de

machamba. Tudo fora abandonado, as culturas se tinham perdido, castanhamente. A terra toda se despira, esperando em vão receber o beijo do arado. Aquelas visões ainda mais os esfaimam, fazendo-os arrotar o seu próprio jejum. O velho se senta numa clareira, na margem da antiga machamba. Recolhe em seu redor secos restos de mandioca. É a única cultura que resta, a única que resistiu à seca. Sacode as raízes e nota dentadas na casca.

— *Merda! Os ratos chegaram primeiro.*

Quando Muidinga se prepara para comer Tuahir grita:

— *Não comas!*

O velho junta às pressas os paus de mandioca e lança-os no capinzal. Andarilha às voltas a curar os nervos. Depois, se senta junto do rapaz e lhe fala:

— *Vou-lhe contar, miúdo. Foi por causa de mandioca dessa que você apanhou doença.*

— *Tuahir, me conte tudo. Me conte como me encontrou.*

O velho, enfim, acede. Limpa o chão onde se vai sentar em preparativo de que se iria demorar. E conta: ele estava no campo de deslocados, vindo de sua aldeia distante. Uma noite lhe pediram para ajudar a enterrar seis crianças recém-falecidas. Os corpos estavam numa cabana, por baixo de uma velha lona. Ninguém sabia quem eram, de onde tinham vindo, a que famílias pertenciam. Estavam despidas, suas roupas tinham sido roubadas mal as crianças perderam força para se defenderem. Tuahir ajudou a arrastar os corpos para um buraco. Enquanto puxava pelas pernas frias se admirava daquele peso tão diminuto. Olhava os braços ondeantes como ramos ossudos, esqueletudos, quando reparou com espanto: os dedos de uma das crianças se cravavam no chão. Não havia dúvida, aqueles dedos se agarravam à vida, lutando contra o abismo. Aquela criança ainda respirava. Era a mais clara e a mais raquítica de todas.

— *Parem, aquele miúdo ainda está vivo!*

Os restantes coveiros se entreolham, duvidosos. E voltam a puxar os corpos: haver um vivo nada altera. Tuahir suplica que parem, os outros se imperturbam. Aqui se enterram os moribundos em viagem sem regresso. O velho sai do grupo, não tem coragem para sepultar um vivente. Já o menino se afundava em areias que atiravam no buraco quando ele se recordou:

— *Deixem esse: é meu sobrinho...*

— *E você cuida dele?*

— *Sim, eu lhe trato.*

E foi assim. Nos princípios, o miúdo só pronunciava estranhas gemências. Passaram-se dias, sem outro alimento que não fosse água. O menino permanecia dobrado em si, vomitando, dolorido da cabeça aos pés. Sem se mexer, ele já trincava seu fim. Tuhair lhe pedia que se levantasse e se mantivesse de pé, nem que fosse por breves tempos. Com ajuda, o moribundo se sustinha. O velho lhe ordenava:

— *Veja no chão!*

Muidinga olhava para o chão, nada notava. Mas as tonturas lhe dificultavam os vistos. O que era que o velho apontava?

— *Não vês que perdeste a tua sombra?*

Era verdade. Por mais que se inclinasse, o moço não produzia nenhuma sombra. Seu corpo parecia mergulhado em eterno meio-dia. Estremecia com o presságio. E o velho pensava: "este já não tem melhora". Mas ainda assim, insistiu. Nessa altura, o moço ainda segurava algumas palavras. A voz lhe saía em sopro:

— *Mas eu... o que eu tenho?*

— *Esta doença se chama mantakassa. Você comeu mandioca azeda, dessas amargas que fermentam venenos, dessas que chamamos de maquela.*

— *Ah, a mandioca... eu sei.*

O velho tinha consciência do que iria acontecer em seguida. O menino desconhecia, no entanto, tudo que lhe esperava.

— *Onde estão seus pais?*

— *Meus pais?*

O menino cada vez mais se dificultava em falar, atarantonto. Ao ver a criança assim rarefeita, Tuahir sentiu descer-lhe da cabeça o coração. Puxou Muidinga pela mão e lhe prometeu:

— *Não lhe vou abandonar. Não tenha medo, eu lhe tomo conta.*

Tuahir cumpriu. A enfermidade trabalhava no rapaz. Seu

corpo se vazava de peso. As humanas faculdades nele se esvaíam. O miúdo quase já não sabia falar, nem andar, nem sequer rir. A última pergunta que fez foi uma noite em que, contemplando seu sofrimento, Tuahir deixou escapar uma lágrima:

— *Está a chorar de mim?*

O velho nem deu resposta, negando com um sacudir de ombros. O miúdo, a seus olhos, já não surgia humano em si, todo. Só vagamente semelhava uma criança. Sua fala se engrunhia, seu corpo se tornava bravio.

— *Se sabias da mandioca por que comeste então, miúdo?*

O velho perguntou mas já sabia a resposta. A fome apertava de mais. Morrer por morrer mais valia ver o amanhã do sol. Muidinga nada respondeu. Apenas pediu que Tuahir chegasse pertinho. Suas forças se estavam a perder. A boca desaguava as últimas palavras, dali a pouco ele já não seria capaz de pronunciar nenhum pensamento. O velho segredou o seguinte conselho: quando morresse, para encontrar caminho do Céu, o miúdo devia escolher só os carreirinhos. Os grandes caminhos nunca lhe levariam lá. Procurasse, sim, os caminhinhos, trilhozitos entre as nuvens, feitos por pé de pouca gente. Depois, não mais falou. O peso da tristeza em sua alma o sufocava. Perder aquele menino, mesmo que desconhecido, era juntar, simultâneas, todas as variedades de dor.

— *Dobra as pernas, depressa. Não podes morrer de pernas esticadas.*

E o velho ajudou o miúdo a dobrar as pernas. Ficou à espera que a morte viesse. Passou-se tempo sem que o moço se tornasse em pessoa concluída. E se passou ao inverso do esperado. No dia seguinte, já Muidinga despertava, fortalecido. Era uma criança a nascer, quase em estado de saúde. O velho se contenta: seus filhos já quase não deixavam memória. Sentia saudade de ser pai, era como se voltasse a ser jovem.

— *Te vais chamar Muidinga*, decidiu.

Era o nome que tinha sido dado a seu filho mais velho, ido e esvaído nas minas do Rand.

Terceiro caderno de Kindzu

MATIMATI, A TERRA DA ÁGUA

QUANDO CHEGUEI À BAÍA DE MATIMATI já eu perdera contas às madrugadas. A vila se deitava no abraço da água, parecia que estava ali mesmo antes de haver mar. O que testemunhei naquela povoação foram coisas sem hábito neste mundo. Gentes imensas se concentravam na praia como se fossem destroços trazidos pelas ondas. A verdade era outra: tinham vindo do interior, das terras onde os matadores tinham proclamado seu reino. Consoante as pobres gentes fugiam também os bandidos vinham em seu rasto como hienas perseguindo agonizantes gazelas. E agora aqueles deslocados se campeavam por ali sem terra para produzirem a mínima comida. Deviam viver há vários dias, presenciadas as trouxas e fogueiras espalhadas em múltiplas desordens. Mal me viram desembarcar, vários homens me cercaram. Queriam saber quem eu era, de onde vinha. Me expliquei, sumário. Então, eles me advertiram:

— *O melhor é você desaparecer-se daqui.*

Nem barrigasse o barco no firme chão. O que eu devia era regressar ao mar: assim me aconselhavam os gerais. Pois ali se sucediam terríveis acontecimentos. O medo e a ameaça vinham de todos os lados. Não havia que confiar em ninguém. As autoridades não perguntariam muita coisa. Haveriam de me prender, espontânea e imediatamente.

Me sentei, buscando explicação para tais ameaças. O que me contaram me deixou na intriga de mais saber. Chamaram o antigo secretário do administrador para me trazer uma autorizada versão do acontecido. O homem compareceu, trazido ao colo de muitos voluntários. Suas pernas estavam desvalidas que nem caniço em ventania. Lhe ajudaram a sentar. Se apresentou, sacudindo as mãos:

— *Sou Assane.*

Era ainda pouca a madrugada e eu quase não vislumbrava as feições corporais do homem. Reconto agora o seu depoimento, deixando intactos os modos oficiais de seu falar: acontecera que, dias antes, se iniciara uma tempestade furiosa e não planificada, da qual resultara a perda de sentidos da lua e a implementação de total escuridão generalizada.

Nesse exato dia, se aguardava a passagem do navio que transportava os donativos para a província. Contudo, o malogrado navio se despenhou de encontro a rochas recém-nascidas e toda a tripulação desapareceu por intermédio de ondas gigantes e de duração interminável.

As autoridades imediatamente desencadearam uma ofensiva de averiguações político-ideológicas tendo apurado a presença do inimigo da classe. Conclusão do responsável da Segurança: tais rochas nunca foram vistas antes da mencionada noite. As devidas estruturas do governo desconfiaram que o acidente fosse de origem indígena já que as locais populações haviam, na prévia véspera, manifestado um comportamento muito suspeito. O administrador convocou um comício bastante público e anunciou:

— *No âmbito deste contexto e guiados pelas orientações traçadas pela Nação, estamos a investigar a ação do inimigo do povo.*

De facto, dava direito para desconfios. Mesmo Assane se associava às oficiais suspeitas. Podem umas rochas, em tais quantidades e tamanhos, nascerem-se em menos de um instante? O mais grave, contudo, foram as ocorrências que sucederam ao acidente. Pois, de imediato, centenas de pessoas se lançaram em todo o tipo de embarcações, das pequenas às mais mínimas para assaltarem o navio mal-fragado, a fim de se servirem das ditas xicalamidades. As autoridades ainda tentaram travar os barquitos, mas bem dizia o administrador, são conhecidas as manias das populações que vivem a olhos vistos, pouco percebendo do mundo futuro. O ex-secretário Assane, sempre sacudindo as mãos, recordava o administrador quase chorando durante o discurso:

— *Às vezes quase desisto de vocês, massas populares. Penso: não vale a pena, é como pedir a um cajueiro para não entortar seus ramos. Mas nós cumprimos destino de tapete: a História há-de limpar os pés nas nossas costas.*

Contudo, a tragédia se abatera no regresso de tais barquitos, já eles vinham bastantemente carregadíssimos com vestuários, comidas e utensílios diversos. Não se sabe a certeza do motivo mas, num estrelar de olhos, todos os barquinhos foram para os fundos marinhos, desaparecendo até à corrente data.

Desde então, a situação só piorou pois, consoante o secretário do administrador, a população não se comporta civilmente na presença da fome. Muita gente insistia agora em voltar ao tal navio pois lá sobrava comida que daria para salvar filhos, mães e uma africandade de parentes.

Era esta a razão por que se escutavam tambores consecutivos, rezas obscurantistas em todas as praias, clamando aos antepassados para outros navios se afundarem, suas cargas se espalharem e desaguarem nas mãos dos famintos. Os do governo deram ordens rigorosas. A recolha dos bens do navio devia ser organizada. Explicavam eles que apenas se pretendia que os destroços chegassem ao destino de forma ordenada e obedecendo às hierarquias, passando primeiro pelas estruturas competentes.

Depois vieram as estranhas orientações: foram proibidas as danças e cerimónias anexas. Logo-logo começaram murmurinhos: que eram os responsáveis que impediam a boa sorte de acontecerem mais acidentes de navegação. Os chefes, todos eles, eram acusados. Dizia-se que os dirigentes apenas desejavam aproveitar dos donativos, em primeiro e exclusivo lugar. Vozeavam mais ainda: que os chefes faziam riquezas com aqueles produtos.

— *Tais boatos precisam ser prontamente rechaçados. Vou pedir, para os devidos efeitos, as sábias e bastante superiores orientações. Se houver caso provado de corrupção, duras medidas serão tomadas.*

Foram as promissoras ameaças do administrador no fecho do comício. Depois, para levantar a poeira sem mexer na areia, o administrador se abateu sobre o secretário lhe lançando acusações de desvios e abusos. Assane foi preso, sujado por mil bocas. Na prisão lhe bateram, chambocado nas costas até que as pernas se exilaram daquele sofrimento que lhe era infligido. Perdeu o sentimento da cintura para baixo. Assane passou as palmas das mãos pelas desempregadas coxas. Tinha sido apenas há dias que lhe abriram a porta da prisão. Ainda nem sabia bem se arrastar de mãos pelo chão. Por isso as sacudia, limpando essas mãos que ele sempre aplicara nos documentos.

— *Esse é o sofrimento que temos aqui*, rematou o antigo secretário.

Os outros acenaram em concordância. Eu que desse a vinda por não vinda e saísse dali antes que chegassem os seguintes momentos. Pois que se previa: no fim da manhã, o administrador pessoalmente viria evacuar a praia através da força. Por isso, eu que rodasse a canoa e nunca mais voltasse.

— *Posso perguntar uma coisa? Existem, em Matimati, esses guerreiros chamados de naparamas?*

Assane respondeu que sim, mais no interior. Em Matimati apenas se ouvia falar dos seus feitos, suas bravuras. Mas nem ele nem mais ninguém deu mais azo de conversa. Ultimaram os conselhos: eu que me afastasse antes de cheirar que chegara um vindo do mar. Apanhado eu seria, como antes tinha sido Assane: o bode de onde se tirariam as espinhas, o agitador de fora que faltava para compor a versão da administração. Me deram remos, água e mantimentos para prosseguir viagem.

Antes de partir, porém, bebi e dancei em cerimónia dos espíritos. Conforme pude, ajudei os antepassados para que afundassem mais navios. Assim deitava mais um alívio naquela pobre gente. Bebi, porém, bastante de mais. Pois, pela madrugada, já não me tinha no corpo. Tiveram que me carregar pelos braços, meter no concho e dar um empurrão para afastar o barquito. Ainda me recordo de molhar a cabeça para tentar mais visão e remar por um tempo. Até que adormeci cheio de sonhos. O estranho era que meu pai não aparecera em nenhum desses sonhos. Onde andaria ele?

Despertei, no meio da noite, ainda o escuro não se apagara.

A canoa se ondeava, adormentada em águas perdidas. Meu peito bumbumbava, acelerado. Qualquer coisa me chamava nem eu sabia se dentro ou fora de mim. Procurei no escuro, lançando os olhos para além do longe. Foi quando vi a fogueira. Lá, no pleno mar, uma fogueirita pirilampejava. No início, duvidei. Como se acendera um fogo em plena água? Depois, confirmei: meus olhos não mentiam. Quase eu escutava as mudas falas do fogo. E eu lhe ouvia o doce crepitar, como essas fogueirinhas que os pastores abrem nas savanas.

Hesitei me dirigir de encontro ao lumezito. Não seria mais uma visão do meu anterior pesadelo? Mas o concho, sozinho, começou de viajar. Sulcava seu caminho, ziguezagueiro. O susto me invadiu: me afastava velozmente de terra.

Foi quando os céus se arrebentaram e as nuvens, sem amparo, tombaram sobre a terra. Sobre a minha canoa se acenderam os relâmpagos, vieram as chuvas, diluviando toda a paisagem. A água cascateava, a terra parecia era um fruto na húmida boca do céu. Meu concho semelhava um caixãozito, flutuando em fúnebre compasso. De repente, caiu dentro do meu concho um tchóti, um desses anões que descem dos céus. A canoa se revoltinhou com o choque e eu quase me desembarquei. Olhei o anão e descreditei, duvidoso. Meu pai sempre me contava estórias desta gente que desce os infinitos, de vez em onde.

Certa vez, um lhe caiu em pleno mato. O súbito anãozito lhe acertou, quase lhe partiu em partes. Sempre eu desconfiava das invencionices do velho. Porém, agora, em meu próprio barco passageirava um desses descendentes.

— *Venho buscar as coisas*, disse o anão.

— *Quais coisas?*, perguntei.

— *Não sabes? Descarrilou-se um navio cheiinho de donativos.*

Olhos acesos, o baixito repetia a notícia que eu já conhecia: um enormíssimo navio encalhara num banco de areia, bem próximo dali. Porões ao léu, estava só à espera que se fosse lá. Tinha tudo: comida, roupa, facholos, petróleo, petromaxes. Não me prendi ao seu entusiasmo, ele me adivinhou as dúvidas:

— *Também no céu há as faltas, não penses. É por isso eu desço, venho buscar as roupas aqui...*

Apresentei argumentos: aquele mar era perigoso, cheio de invisibilidades. Já uma vez perdera os remos, não queria arriscar a ficar mais uma vez sem eles.

— *O arisco não arrisca*, justifiquei.

— *E quem precisa de remos? Não vês o barco andando sozinho, por sua vontade?*

Aceitei, por força. Da arte da onda, porém, quem sabia era eu. E me chegavam os rugidos do oceano, águas maremoinhando perto. Por ali deviam espreitar grandes e perigosas pedras.

— *Quando lá chegarmos as pedras desapareceram, já terão voltado para o fundo do mar*, disse o tchóti.

Nem sei o que me fazia crer em suas falagens. Dentro de mim, já nem tinha jeito de negar. O tchóti se colocou à frente, todo de pé. Era tão baixo que parecia estar sempre sentado. Espreitava no caminho, como se fosse mandante da noite. O barco lhe obedecia aos mandos, para esquerda, espera, mais vagarinho, com cuidado.

Por fim, o navio surgiu, parecia era uma montanha negra, uma ilha de ferros e torres. As ondas espumavam rendas brancas no casco. O anão gritava, excitado:

— *Vês, Kindzu? Aqui está a nossa riqueza!*

Subimos o convés e passeámos por aqueles corredores desertos. Um barco assim vazio, solitário, é coisa de custar a crer. Ouviam-se vozes, ordens, gritos, gemidos. Vinham das paredes, do chão, dos tetos. Gritei para que o tchóti me explicasse o motivo de tais vozes mas o mar me abafou a pergunta. Fui seguindo o anão, ele caminhava induvidável, parecendo conhecer os segredos do navio. Nos dirigimos para os porões, espreitámos aquela barriga escura, mofenta do bicho. Afinal, era verdade! Lá bem dentro se empilhavam embrulhos e caixotes. Muitos já tinham sido rebentados. Levaram parte da carga, mas restava mais que bastante. Aos berros, o anão se empoleirou na escada que descia para o fundo. Conselhei cuidado, a noite estava bem enfiada naquele porão. Mas cedo ele me desapareceu das vistas e eu fiquei só, com todo céu por cima, todo o mar pelos lados.

Ali estava eu, num destino que não escolhera, levado por ventos e más sortes. Me senti pequeno, sem teto. Decidi vagueandar pelo convés, enquanto aguardava a subida do anão. Podia escutar seus passos, ecoando nas entranhas do navio.

Passei por quartos, salas, máquinas: aquele barco era maior que um país. O escuro, às toneladas, se constelava, me demorando a procura. Era como se dentro da noite houvesse uma outra noite e eu apalpasse as entranhas da última. Súbito, um ruído de mil fundos trovejou por baixo de mim. Parecia um tropel de búfalos, galopando por dentro do barco. O coração me roçou a boca, atarantável. Chamei pelo anão mas minha voz se aguou.

— *Quem é isso?*

Eu falava de homem para fantasma. De súbito, vi a âncora. Sobre o convés, a âncora dançava, pulava, cabritoteava. Seu ferro se moleava como se não tivesse outra substância senão carnes de peixe. Requebrava a um compasso de invisíveis tambores. Desconfiei: não podia ser a âncora que assim se despropositava. Era o xipoco, a aparição que me surgira na praia de Tandissico. Aquele barco estava espiritado, guardado contra intrusos. Ou era mais uma vez serviço de meu pai, me mostrando que não me oferecia trégua? De repente, a âncora tombou com enorme estrondo. Por momento me pareceu que, em seu lugar, jazia estendido um corpo humano. Pé-pós-pé, me afastei. Fosse coisa ou gente aquilo era assunto da minha incompetência. Me apressei a chamar o anão para sairmos daquele barco enfeitiçado.

Foi então que encontrei a mulher. No princípio, era só um vulto no meio das cordas. Seria mais um fantasma? Depois, seu rosto apareceu mais claro. Estremeci. Me cheguei mais, espreitando na penumbra. A lua me ajudava, enxotando as brumas.

— *Não tenha medo*, lhe disse.

Suas roupas molhadas ofegavam de encontro à pele. A beleza daquela mulher era de fazer fugir o nome das coisas. Olhando o seu corpo se acreditava que nunca nele a velhice haveria de morar. Corpo sedento, olhos sedentários. Sua voz saía sem vestes, nua como se dispensasse palavras.

— *Me chamo Farida*, disse.

Eu sentei junto. Ela ficou um tempo calada, olhando a noite se molhando no mar. Depois, me ordenou:

— *Vai-te embora deste barco.*

Eu não me mexi. Fiquei esperando nem sei o quê. Era como se aquele navio, de repente, se tivesse tornado num lugar muito antigo, a lembrança de uma casa onde me apetecia nascer. A mulher começou então a estremecer, parecia sofrer de todos os frios e arrepios. Os olhos perderam o centro, as mãos procuravam gestos longe do corpo. Tombou no chão, se enrodilhando nas cordas. Parecia que seres invisíveis lhe amarravam e ela resistia com desespero. Me levantei, querendo ajudar. Segurei-lhe o corpo. Mas ela me sacudiu, violenta. Voltei a apanhar seus braços, lhe prendi de encontro a mim. Assim, prisioneira de mim, eu senti como seu corpo fervia.

Ficámos assim um tempo. Até que ela me pediu:

— *Por favor, me escuta...*

Ela só tinha um remédio para se melhorar: era contar sua história. Eu disse que a escutava, demorasse o tempo que demorasse. Ela me pediu que lhe soltasse. Ainda tremia, mas pouco. Então, me contou a sua história.

Quarto capítulo

A LIÇÃO DE SIQUELETO

UMA VEZ MAIS TUHAIR DECIDE EXPLORAR os matos vizinhos. A estrada não traz ninguém. Enquanto a guerra não terminasse era mesmo melhor que nenhuma pessoa estradeasse por ali. O velho sempre repetia:

— *Alguma coisa, algum dia, há-de acontecer. Mas não aqui*, emendava baixinho.

De facto, a única coisa que acontece é a consecutiva mudança da paisagem. Mas só Muidinga vê essas mudanças. Tuahir diz que são miragens, frutos do desejo de seu companheiro. Quem sabe essas visões eram resultado de tanto se confinarem ao mesmo refúgio. Por isso ele queria uma vez mais partir, tentar descobrir nem sabia o quê, uma réstia de esperança, uma saída daquele cerco.

— *Você quer sair, não é?*

— *Quero, tio. Esta estrada está morta.*

— *Esta estrada está morta!? Mas não entende que isso é muito bom, esta estrada estar morta é que nos dá boa segurança?*

— *Mas nós, desta maneira, não vamos a lado nenhum...*

— *Isso quer dizer que também aqui não chega ninguém.*

O velho pondera: não valia a pena insistir. O melhor seria uma mentira, dessas tecidas pela bondade. Diria ao miúdo que aceitava partir. Depois fingiria afastar-se, enquanto andavam em círculos. Regressariam sempre ao machimbombo, à mesma estrada de onde haviam partido. Assim ele fizera desde a primeira vez que saíram da estrada.

Nessa tarde, o velho comanda uma dessas falsas viagens. Primeiro, seguem ao longo da picada. A estrada onde moram surge a Muidinga com novas vistas, parecendo pentear a savana, risco ao meio. Só depois derivam por atalhos e trilhos. No sossego da paisagem nenhuma coisa pedia urgência. Contudo, Muidinga não está tranquilo: sempre o susto espreita no farfalhar da folhagem, o segredar da morte, essa infatigável coscuvilheira. Vão pisando caminhos saudosos do pé de gente. Tuahir segue à frente, abrindo trilhos por onde depois o rapaz avança. De repente, o mundo desaba, o chão desaparece. Tuahir e Muidinga se abismalham, tombados numa enormíssima cova. É um desses buracos onde a noite se esconde com o rabo de fora.

— *Estamos onde, Tuahir?*

— *Nem fale. Deve ser morada do sapo gigante, o tal comedor de escuro.*

Ficam sentados, se acostumando ao nada. Depois, seus olhos lusco-focaram: havia uma rede cobrindo as paredes do buraco. Nenhum de ambos tem dúvida: estão dentro de uma armadilha. Só restava esperar. Conversam para distrair os maus espíritos que sempre aproveitam o silêncio para engordar intenções.

— *Sabe o que eu me estou a lembrar, tio? Lembro de Farida.*

— *E quem é essa?*

— *A mulher dos cadernos, apaixonada de Kindzu.*

Tuahir sorri da confissão, cheio de idade. Sobre as mulheres ele, nos tempos, emitira opiniões que vinham do coração. Agora, nem tanto:

— *Há mulheres que são chuva, outras cacimbo. Essa tal Farida deve ser uma que vale a pena a gente se despentear com ela.*

Muidinga vai fingindo que escuta, preocupado em estudar as paredes do buracão e avaliar modos de sair daquela prisão. O tempo passa sem solução e os dois adormecem, cada um para seu lado. Muidinga sonha, agitado. Lhe surgem, confusas, imagens de um tempo que ele nunca foi capaz de tocar. Muidinga se revê menino, saindo de uma escola. Mas nenhum rosto é legível, mesmo a escola não possui fachada. Confusas vozes lhe afluem: chamam por si! Lhe chamam um outro nome. Tenta desesperadamente entender esse nome. Mas os sons se desfocam, em eco de cacimbo. Depois, tudo se esfuma, anoitece dentro de seu sonho. Na manhã seguinte, o miúdo é o primeiro a acordar, o chão lhe doendo nas costas. Aquela noite lhe dera a certeza: os sonhos são cartas que enviamos a nossas outras, restantes vidas. Os cadernos de Kindzu não deveriam ter sido escritos por mão de carne e ossuda mas por sonhos iguais aos dele.

A manhã ainda balbucia, a luz pestaneja. Súbito, no meio do cacimbo, uma silhueta aparece. É figura de gente. Muidinga se satisfaz, chama o companheiro:

— *Acorda,Tuahir, nos vieram salvar!*

Festejam a chegada do intruso. Dão os bons-dias mas não há resposta. O cacimbo se desfaz, ao sopro de uma brisa. O vulto então se esclarece: é um velho alto, torto, usando sobre o corpo nu uma gabardina comprida, maior que o seu tamanho. Um dos olhos permanece fechado enquanto o outro está aberto. O olho de serviço reveza-se, ora um ora outro. De vez em quando, tropeça no excesso da pouca roupa. Fica espreitando, demorado, incrédulo. Por fim, lhes lança uma rede. Ficam presos nas malhas, enredilhados como peixes. Então o velho os puxa, os dois vão ajudando com as pernas a subir, buraco acima. Saem mas ele não lhes solta. Traz a rede a arrastar pelo chão, os dois lá dentro, iguais aos bichos caçados. Quando por fim chegam a sua casa ele reforçou a rede com mais amarras. Encara os prisioneiros com um só olho enquanto fala na língua local. Tuahir traduz:

— *Ele diz que nos vai semear.*

— *Semear?*

— *Não sabe o que é semear? É isso que nos vai fazer. Ele quer companhia, quer que nasça mais gente.*

— *O velho é doido, vai é matar a gente.*

Tuahir então combina com o moço: se fingiriam doentes, estragados. Gemem, lançam feios cuspes e vómitos. Mas o velho nem se impressiona. Vai buscar uma lata, abana-a, tirando dela agudas estridências.

— *Meu nome é Siqueleto.*

Depois ele se apresenta com sua estória. Enquanto fala vai sacudindo a lata como se acompanhasse uma canção. Daquele lugar todos se tinham ido embora, por motivo do terror. Os bandos assaltaram, mataram, queimaram. A aldeia foi ficando deserta, todos partiram, um após nenhum. A família lhe chamava o pensamento: *venha connosco, já toda a gente foi embora!* Assim lhe rogavam na hora da partida. Ele respondia:

— *Eu sou como a árvore, morro só de mentira.*

E agora perante os dois inesperados visitantes ele repete as suas parecenças com as árvores que renascem cada ano. Tuahir acompanha com dificuldade, a ausência de dentes deforma as palavras do solitário aldeão.

— *Sou velho, já assisti muita desgraça. Mas igual como essa nunca eu vi.* E abana a cabeça, pesaroso.

— *Estás triste, velho?*, pergunta-lhe Tuahir.

— *Já não fico triste, só cansado.*

Era por causa do cansaço que ele não abria os dois olhos de uma só vez. O idoso homem tinha, apesar de tudo, seus pensamentos futuros. Para ele só havia uma maneira de ganhar aquela guerra: era ficar vivo, teimando no mesmo lugar. Não desejava nenhuma felicidade, nem sequer se deliciar com doces lembranças. Lhe bastava sobreviver, restar como um guarda daquela aldeia em ruínas. Agora ele amaldiçoa os que tinham saído dali.

— *Satanhocos, hão-de comer poeira!*

Fala com raiva, todo levantado. Depois, se zanga com os visitantes. Pontapina nas redes, insultando-os: *vocês são fugistas, vosso mal está nos dentes. São os dentes que convidam a fome. É por isso eu tirei toda a dentaria. Estão aqui, nesta lata.* Abana a lata ferrugenta, os dentes tintinam e ele sorri, satisfeito com o barulho.

— *É minha música, essa.*

Prossegue seus lamentos: *nos dias de hoje, os filhos mordem as mães quando ainda estão no ventre. Vejam a pedra em que me sento: parece morta, enquanto não, vive devagarinho, sem barulho. Como eu*, conclui. Depois, se volta a zangar, manifestivo. O velho braceja, boca fora dos bofes.

— *Vão os dois para baixo da terra, satanhocas!*

Muidinga, então, se excede. Grita. O velho aldeão se atenta para escutar, através da tradução de Tuahir. Por que motivo ele não recebia bem os visitantes como ordenavam as velhas leis hospitaleiras? *De facto*, responde o velho, *não é assim a maneira da nossa raça. Antigamente quem chegava era em bondade de intenção. Agora quem vem traz a morte na ponta dos dedos.*

O rapaz insiste em explicar seus motivos. As razões deles não eram iguais às dos que hoje cruzem os matos. Tuahir interrompe-o pedindo calma. Lento como um rosário desfia toda a estória, razão de estarem ali, requerendo tais ousadias. Nem Muidinga sabia de tais dotes em seu companheiro. Tuahir fala de um mundo que nem há, engraçando suas visões. *Que a nossa terra se ia aquietar, todos se familiariam, moçambicanos. E nos visitaríamos, como nos tempos, roendo os caminhos sem nunca mais termos medo.*

— *Verdade isso?*, pergunta o desdentado.

Longe se ouvem tiros, a guerra continua a infligir seus estrondos. Tuahir prossegue, arrebatado: diz que ouviu falar de países ricos onde a gente já nem tem que cavar a terra: enterra-se a enxada, bem direito no chão. Do cabo brotam árvores, plantas cheias de verde.

— *Seremos assim também*, sentenciou.

Mas o desdentado aldeão já anoitecera, queixo no peito. Seu mundo já era esse que Tuahir anunciara, de extensos sossegos. O próprio Muidinga está como se encantado com as palavras de Tuahir. Não é a estória que o fascina mas a alma que está nela. E ao ouvir os sonhos de Tuahir, com os ruídos da guerra por trás, ele vai pensando: "não inventaram ainda uma pólvora suave, maneirosa, capaz de explodir os homens sem lhes matar. Uma pólvora que, em avessos serviços, gerasse mais vida. E do homem explodido nascessem os infinitos homens que lhes estão por dentro".

Tuahir se revela, por um instante, como um curandeiro amenizando o universo, seu paciente. E ali está o velho Siqueleto, sonecando em trégua de existir. Olhando o seu corpo abandonado dá vontade de sorrir como se faz ao contemplar o sono indefeso de uma criança. E os dois prisioneiros se entretêm a fabricar um tabaco, feito de folha que o velho deixara cair. Fumam com o gosto de serem eles mesmos o incenso, fumam como se em seus dedos esfumasse o tempo, como se não houvesse rede os aprisionando. Tuahir adivinhou a cabeça do rapaz:

— *Acreditaste em mim? Fizeste bem. Te dou um conselho: não confies em homem que não sabe mentir.*

Foi então que, entre o lusco e o fusco, veem chegar a hiena. Ao princípio, parece é nada, só um arrepio no capim, um suspiro do verde-escuro. Vai surgindo inteira, balançando as patas traseiras. Depois, se senta, sozinhando, espreitando o mundo de cá.

Sentem um aperto. Que vinha ali fazer aquele bicho sem aprumo, despromovido das traseiras? Trazer má sorte ao destino dos viventes, só podia ser esse o serviço desse animal. A hiena permanece parada, em vistoria dos cheiros. Depois, se encosta na própria sombra e, assim deitada, lambe os beiços. Faz medo ver-lhe à maneira de doméstica, nem besta se parecia. Os bichos temem o homem, desvizinham-se dele. Mas este, no entanto, deita no lugar exclusivo de gente.

O velho, entretanto, desperta. Vendo o espanto dos outros, esclarece a hiena: o bicho sentinelava sua vida. *Ninguém me aproxima*, sorri o velho enquanto acaricia a hiena que se enrosca, regalada. Aquele era o seu exército privado, segurança e guarda-corpo. Tuahir avisa, em segredo:

— *Não confia, miúdo. Aquilo nem hiena não é.*

A noite vai descendo. O frio aperta enquanto se alarga um silêncio do tamanho da terra. Muidinga se queixa. Lhe dói o corpo da posição que a rede lhe obrigava, dobrado pelo umbigo. A dor, afinal, é uma janela por onde a morte nos espreita. Sucumbente, se encosta a Tuahir a buscar um quentinho. Mas o sono não lhe chega. Por um buraco da rede Muidinga consegue retirar um braço. Apanha um pau e escreve no chão.

— *Que desenhos são esses?*, pergunta Siqueleto.

— *É o teu nome*, responde Tuahir.

— *Esse é o meu nome?*

O velho desdentado se levanta e roda em volta da palavra. Está arregalado. Joelha-se, limpa em volta dos rabiscos. Ficou ali por tempos, gatinhoso, sorrindo para o chão com sua boca desprovida de brancos. Depois, com voz descolorida trauteia uma canção. Parece rezar. Com aquela cantoria Muidinga acaba por adormecer. Não faz ideia quanto tempo dorme. Porque desperta em sobressalto: o brilho de uma lâmina relampeja frente a seus olhos. O velho Siqueleto armaneja uma faca.

— *Andam comigo!*

Solta Tuahir e Muidinga das redes. São conduzidos pelo mato, para lá do longe. Então, frente a uma grande árvore, Siqueleto ordena algo que o jovem não entende.

— *Está mandar que escrevas o nome dele.*

Passa-lhe o punhal. No tronco Muidinga grava letra por letra o nome do velho. Ele queria aquela árvore para parteira de outros Siqueletos, em fecundação de si. Embevecido, o velho passava os dedos pela casca da árvore. E ele diz:

— *Agora podem-se ir embora. A aldeia vai continuar, já meu nome está no sangue da árvore.*

Então ele mete o dedo no ouvido, vai enfiando mais e mais fundo até que sentem o surdo som de qualquer coisa se estourando. O velho tira o dedo e um jorro de sangue repuxa da orelha. Ele se vai definhando, até se tornar do tamanho de uma semente.

Quarto caderno de Kindzu
A FILHA DO CÉU

ME CHAMO FARIDA, começou a mulher o seu relato. Falava com voz baixa, em rouquidão que vinha da timidez. Conservei-me afastado, de olhos no chão. Durante a sua longa fala me calei como uma sombra para lhe dar coragem. A mulher se trocou por palavra até quase ser manhã.

Farida era filha do Céu, estava condenada a não poder nunca olhar o arco-íris. Não lhe apresentaram à lua como fazem com todos os nascidos da sua terra. Cumpria um castigo ditado pelos milénios: era filha-gémea, tinha nascido de uma morte. Na crença da sua gente, nascimento de gémeos é sinal de grande desgraça. No dia seguinte a ela ter nascido, foi declarado chimussi: a todos estava interdito lavrar o chão. Caso uma enxada, nesse tempo, ferisse a terra, as chuvas deixariam de cair para sempre.

Dias depois, sua irmã morreu. Deixaram-na morrer com fome. Fizeram isso por bondade: para aliviar a maldição. Enterraram a menina no pequeno bosque sagrado onde dormem as crianças falecidas. Meteram-lhe numa panela de barro quebrada. Foi semeada sem quase nenhuma terra lhe cobrir. Destinaram-lhe um lugar perto do rio, onde o chão nunca seca. Assim as nuvens lembrar-se-iam sempre da obrigação de molhar a terra.

A mãe de Farida nunca mais teve filhos. Dizem que ela não foi capaz de apagar a sua impureza após o nascimento. Fizeram as cerimónias: não resultou. Queimaram a palhota, juntaram todas suas coisas numa grande fogueira. A mãe ficou ali, sofrendo culpas por ter subido ao Céu, único lugar onde se pode encontrar meninos gémeos. Chorou então o que ela não pôde chorar no enterro da filha. A tradição ordena: ninguém chore em luto, o lamento não pode senão chamar mais desgraça. Para Farida, a morte da gémea não foi nunca mencionada: *tua irmã? Foi na casa da avó, ficou lá viver.* Assim se murmurava.

Depois das cerimónias, mandaram que a mãe saísse da aldeia. Junto com a filha foram morar num mato próximo, de verdes desleixados. Ali viveram sem nunca receber visitas: vinham os da família mas ficavam longe, escondidos. Receavam o contágio. Gritavam dali suas mensagens. A única que lhes trazia comida era tia Euzinha, mulher larga, de muito assento. Ela conversava com elas, trazia notícias dos outros. Também Euzinha conhecia os modos de estar só, seu marido partira para a guerra, moribundando em parte incerta. Certo dia ela trançava os cabelos da sobrinha, seus dedos contando estórias de embalar, quando sua voz despertou a menina:

— *Sua irmã, sabe ela está onde?*

— *Minha irmã morreu, tia.*

— *Mentira! Sua irmã está muito viva, a morte nem lhe arranhou.*

Foram suas palavras. Farida sentiu lágrimas nascerem dentro de si mas fechou-lhes caminho com um sorriso. A tia dizia coisas sem pés na cabeça.

— *Onde está seu fio, o colar que foste dada?*

Mostrou o fio. Ela segurou-o por um tempo, apertou a pequena estátua que estava pendurada nele. Perguntou se a sobrinha sabia o que era aquela figurinha de madeira. Farida não sabia, aquele colar lhe tinha sido posto enquanto a memória não lhe tinha chegado aos olhos.

— *Essa madeirinha, essa estátua é sua irmã. Não vê está partida ao meio, é só uma metade? A outra metade quem tem é sua irmã, num colar igual desse.*

Afinal, a mãe tinha recusado cumprir a inteira tradição. Matara a irmã-gémea só em fingimento. Na verdade, entregaram a criança a um viajante que sofria por não receber filhos de sua legítima criação. Depois, mais não se soube dela. Teria um outro nome, outro corpo, outro cheiro. Ou será que ela ainda vivia? E, se assim fosse, onde ela procedia sua vivência?

Desde essa revelação os sonhos de Farida se encheram de gritos, suores fundos. Lhe apareciam raízes quebrando o pote de barro onde sobrava sua pequena irmã. Pesadelos que duraram enquanto ali viveram.

O lugarzinho, no enquanto, foi sendo alvo de desgraças. A terra caiu em desordem, sopraram ventos que arderam no sol, secaram fontes e lagos. As nuvens, medrosas, fugiram. A fome e a morte instalaram residência. Tudo aquilo acontecia, dizem, por causa da mãe não se ter purificado. De noite, ouviam as cerimónias. Pedia-se aos antepassados o favor de alguma chuvinha. O escuro se enchia de tambores, moendo a tristeza como um pilão.

Como as chuvas demorassem, vieram buscar a mãe. No quintal dela entraram mulheres meio-nuas, essas que costumavam limpar os poços. Precisavam de uma mãe de gémeos para as cerimónias mágicas. Mandaram que ela mostrasse o túmulo de sua filha. Farida acompanhou o grupo que, em fila, foi até à margem do rio. Quando chegaram à campa, as mulheres verteram água sobre o pote fúnebre. Dançaram, xiculunguelando. Depois, meteram a velha num buraco e foram-no enchendo de água. Ela pedia: *me deixem, tenho frio.*

Mas as mulheres não abrandavam. A mãe de Farida visitara o Céu e se ela estivesse molhada, certamente as nuvens também se encharcariam. As chuvas viriam, por fim.

— *Parem, ela está sofrer,* gritou Farida.

Mas elas prosseguiram, cobrindo a coitada com água fria. Até que se afastaram dançando e cantando, deixando a mãe no fundo da terra ensopada. Farida se aproximou, quis ajudá-la a sair. Mas ela recusou: devia ficar ali, matopar-se, pagar sua dívida com o mundo. Toda a noite, a filha permaneceu na cabeceira do buraco. E lhe cantou um embalo, fosse a mãe a pequenina, saída do ventre da jovem. Cansada, Farida adormeceu.

De madrugada, quando despertou, já a mãe ali não estava. Tinham-na levado, gelada de mais para se manter impura. O sangue de sua mãe, vertido em seu nascimento, já não sujava a aldeia. Nesse mesmo dia, tombaram grossas chuvas. As sementes e a esperança se tinham finalmente reconciliado.

Desde então, a infância de Farida ficou órfã. Ela cresceu, acarinhada por si mesma, na infinita espera de sua mãe. Acreditava que ela regressaria, envolta em seus tristes trapos. No sonho ela ascendia entre fumos, vinda do fundo de um buraco e trazendo nas mãos um pote igual aos que servem para enterrar os meninos. Os dedos dela eram raízes que, depois, se convertiam em cobras feitas de fogo. Essas chamas andantes se anichavam na filha e lhe queimavam o peito. Essa crença a manteve, sobreviveu graças a essa ilusão.

Nunca mais ninguém desejou notícia de Farida, ela ingressara no obscuro mundo dos sobreviventes. Mais tarde, porém, a recordaram de novo: precisavam de uma gémea para os rituais da chuva. Mandaram-lhe chamar e disseram que colhesse os nunos, esses insetos negros que abundam nas machambas. Ela que trouxesse todos os que encontrasse nos campos cultivados. Demorou uma manhã catando as folhas. Meteu todos aqueles bichinhos num velho pano e se dirigiu à lagoa. Atrás vinham as mulheres, cantando e balançando o corpo untado de ervas.

Deitou os nunos na água e viu como se afogavam, as patas estremexendo dentro da água. Até o último desaparecer, ela estava proibida de virar a cabeça. Enquanto isso, as mulheres entoavam canções vergonhosas. Pronunciavam palavras que não se ouve nunca de nenhuma mulher.

Quando todas as velhas se retiraram ela já tinha tomado a decisão de partir. Aquele lugar já estava cansado dela. Se lançou na estrada, sem nada senão as roupas. Andou, andou, andou. Passou-se uma noite, uma manhã. O sol perpendiculava-se quando lhe veio uma tontura e abandonou todos sentidos. Desmaiou.

Despertou numa casa de cimento, deitada em colchão de espuma. Lhe tinham levado para a residência de um casal de portugueses. Romão Pinto, dono das muitas terras e Dona

Virgínia, sua esposa, trataram dela durante anos. Lhe ensinaram a escrever e falar, lhe corrigiram as maneiras que trazia da terra. Virigínia, assim lhe chamavam, era generosa como já não há. Foi ela que teimou em lhe adoptar como se fosse sua filha. Muitas vezes Farida sentiu desejo de a tratar por "mãe". Mas ela não aceitou. Tua mãe não haveria de gostar, dizia ela. Suas mãos trançavam os cabelos de Farida e a cabeça dela adormecia longe de si, longe do mundo. Cresceu nessa sombra, ali lhe despontaram os seios, ali se tornou mulher. Foi nessa casa que, pela primeira vez, sentiu os olhos de um homem salivando. Romão Pinto lhe perseguia, suas mãos não paravam de lhe procurar. Às vezes, de noite, espreitava pela janela enquanto ela tomava banho. Farida estava cercada, indefesa. Não podia queixar a Dona Virgínia, menos podia enfrentar as tentativas de Romão.

O desejo dele crescia por toda a casa, como uma viscosa humidade. Ela o sentia com uma mistura de nojo e receio. Teria odiado aquela casa não fosse a velha a ter tratado como uma mãe, fazendo nascer a outra raça que agora nela existia. Virgínia, Virginha, Virgininha: quem era? Dela o quanto se sabia era pouco. Cabia em mão fechada, sobrando entre os dedos aquilo que mais queríamos agarrar. Vivia vagarosa como uma lágrima. Romão a guardava em estado de matéria, com garantia de que ela existisse simples de lembrar.

— *Estás proibida!*

O marido lhe gritava com insistência as interdições: ler, ouvir rádio, cantar. Tudo porque ela insistia no desejo de regressar a Portugal. Era a sua única vontade, o breve círculo do seu sonhar.

— *Mas, mamã Virgínia: por que não gosta desta terra?*

— *E quem te disse que não gosto?*

Era por razão desse amor que ela queria partir. Porque a visão daquela terra, em tais desmandados maus-tratos, era um espinho de sangrar seus todos corações. E suspirava, em imperfeita certeza: quanto tempo demora o tempo! Depois, dedo cruzando os lábios em ordem de segredo, conduzia Farida pelo corredor. Queria que a menina contemplasse o vestido verde, pendurado, pronto, sem nenhuma ruga.

— *É para a viagem!*

E sorria, alegre desse mais tarde, consoante o sonhado. Ficava na janela olhando o país que inexistia, desenhado em geografia da saudade. Tanto esmolou a Deus um outro lugar que ela se foi fazendo remota e, aos poucos, Farida receou que sua nova mãe nunca mais se acertasse. Sobre velhas fotografias, com um lápis, a velha portuguesa desenhava outras imagens. Às vezes, recortava-as com uma tesourinha e colava as figuras de umas fotos nas outras. Era como se movesse o passado dentro do presente:

— *Olha, vês? Este é meu tio. Foi quando ele veio cá visitar-nos.*

Um tal parente jamais estivera em África. Mas Farida nem ousava desmentir. As fotos recompostas traziam novas verdades a uma vida feita de mentiras.

Certa vez, Virginha levou a adotiva para o quintal e ordenou que se sentassem na grande sombra da mangueira. Ela sempre mostrou temor pelas cobras que se agradam dos doces troncos da árvore. Naquele momento, parecia ter esquecido esse perigo. Lentamente, a velha desdobrou os tempos, contando episódios de sua vida. Demorou dias, em detalhes. A velha mirabolava?

— *Por que me conta tudo isso, mamã Virgínia?*

— *Porque quero que me passes a escrever.*

— *Escrever?*

Era. Farida deveria enviar-lhe cartas, falseando autorias, fingindo o longe. Foi o que passou a fazer, se entretendo a ser, de cada vez, um diferente familiar. Nunca pôde imaginar quanta bondade estava criando. Virgínia lia as cartas com aquele soluço que é o tropeço do choro. Farida escutava em tal embalo que se desconhecia autora da missiva. Ou era a velha que inventava, refazendo a irrealidade do escrito? Romão Pinto chegava do bar do Ferroviário e via as duas, naquelas más horas, inclinadas com doçura no colo uma de outra. Ele nada perguntava, passava espreitando, aproveitando para roçar as pernas da jovem. As mãos do português assentavam sobre os ombros de Farida, em escondida carícia. Virginha parecia nada ver, entretida com seus devaneios.

Mas a vida é a autoridade desordeira: a segunda mãe se apressava naquela doença sem retorno. A velha já nem se confiava, cada vez mais fiel às suas falsidades. Um dia lhe disse:

— *Vou-te levar daqui, não podes ficar mais connosco.*

— *Levar para onde, mãe?*

Farida tremia. Sem se perceber ela lhe estava chamando de mãe. Devia ser do medo que a invadia.

— *Farida, escuta minha querida. A tua mãe... eu estou chegando ao fim de minhas forças. Tenho medo que, amanhã, já não mais possa cuidar de ti. É por isso que te vou levar daqui.*

Aqueles olhos dela, planetários, a contemplavam sem pestanejo. Nessa mesma noite, ela lhe veio despertar. Tomou Farida pela mão com força, guiando-lhe pelo escuro do corredor. Tirou o vestido verde que guardava para a viagem e se aprontou com decisão.

— *Vamos!*

Saíram, rumo à Missão. Foi o padre quem veio à porta, seu corpo cobrindo a luz que vinha do interior. Quando Virgínia entregou Farida ao padre a menina entendeu que a sua presença já havia sido previamente falada. Virgínia lhe deu as mãos, os dedos das duas se ameijoaram. Os corpos se despediam, sem competência para o adeus.

— *Vou continuar a escrever-lhe, mamã.*

— *Não é preciso, filha. Já não preciso.*

E afastou-se, suas costas mirrando no escuro. Naquele momento, começava a segunda orfandade de Farida.

Por um tempo ela ficou na Missão, num pequeno quarto cheio de sossego. Estudava, lendo o mais que podia. Se fantasiava, enchendo o tempo. Mas lhe faltava o acontecer da vida, a quentura do mundo onde nascera. Aquele lugar lhe deixava um frio interior. Afinal, todos queremos no peito o nó de um outro peito, o devolver da metade que perdemos ao nascer. Em cada noite, o corpo da jovem se amendoinhava, arredondando lentos suspiros. Foi assim que lhe nasceu a ideia de sair daquele lugar, sem nenhuma despedida. O padre era um homem de deixar, suas palavras não sendo de pregar nem o sim nem o não. *O Bem nasce é de autorizadas manhas*, costumava ele dizer. O sacerdote, certo dia, lhe chamou. Ele compreendera vontades que nela estavam caladas, sonhos que nunca lhe haviam aflorado.

— *Queres sair da Missão, eu sei. Este lugar tem pouca vida para uma menina da tua idade.*

Não valia a pena ela discordar de si mesma, pensar no certo ou no incerto dos seus atos. Farida que regressasse aos lugares de sua infância se esse era o seu desejo. *O mundo não tem nenhuma utilidade*, disse ele. E concluiu: *a felicidade só cabe no vazio da mão fechada. A felicidade é uma coisa que os poderosos criaram para ilusão dos mais pobres.*

No caminho para a aldeia, Farida passou por casa de Romão Pinto. Queria ver Virginha, tocar seu rosto bom, sarar uma saudade. Quem abriu a porta foi o português, com seus olhos de morder.

— *Virgínia não está, foi à vila levar um doente.*

Disse que a esposa voltaria nessa mesma noite. Farida que esperasse, se servisse de seu antigo quartinho de dormir. Entrou, relutante. Havia um perfume doce, vindo das goiabeiras do quintal. Contudo, naquele momento, só lhe chegavam azedas lembranças. Quem sabe fosse a ausência da Virginha que a amargava. Afinal, mesmo com o carinho de Virginha, aquela fora a casa onde ela não tivera lar.

A porta do quarto se fechou, deixando Farida só. No pente de metal, em cima da mesinha, havia ainda cabelos seus, caracoladinhos como crianças no ventre materno. Tardou em cada objeto, parecendo que as coisas que em tempos tocara, saudosas, lhe reconheciam agora. Na parede húmida estava ainda uma fotografia sua, em moldura de madeira. Aquela era sua única imagem. Por isso, lhe ocorreu levar a foto consigo. Quando a retirava viu que, no papel amarelecido, ela já não estava sozinha. Em redor do rosto dela estavam desenhadas figurinhas várias, tantas que pareciam mover-se e trocarem de posição. Sorriu, decidida a devolver a moldura à parede. Aquela era obra de Virginha, pondo vida em seu retrato. Quantas vezes não o teria ela pousado sobre o leito, discorrendo mentiras sobre a permanência da adotiva na velha casa?

Era meia-noite e Virgínia não tinha regressado. Farida se afogou na cama, cansada. Não deu interesse a um ruído da porta. Nem despertou para aquela voz que a puxava, aqueles modos que ela inesquecera. Era Romão que rondava seu leito. Os passos dele cercavam-lhe o medo, enquanto ia esquentando suas brasas. Em silêncio, rezou com desespero. Colocou tanta fé nesse socorro que perdeu o receio do que pudesse suceder. Romão se sentou na cama, seus braços procuraram no escuro. Quando seus dedos roçaram o rosto da menina ele sentiu o molhado de caladas lágrimas. Essa tristeza ainda mais lhe afiou os apetites. Foi envolvendo Farida, cada avanço dele a doidoendo. Joelhos no peito, ela se pequeninava. Lá fora, a meiguice da lua não fazia suspeitar quanto ódio fermentava naquele quarto. Os anjos demoravam, Romão ganhava vantagem. Na aflição ela se perguntava: *e afinal Deus? Por que se demora tanto?*

Desistiu de esperar e se ergueu de um salto, escapulada, tirando o corpo do alcance das babas do Romão. Surpreso, o português trancou a voz nos dentes, soprando ameaças. Memórias antigas da raça lhe avisaram: melhor seria ela se deixar, sem menção nem intenção. O português se homenzarrou, abusando dela toda inteira. Transpirava imensos suores. Romão surgia cada vez mais peganhento, colajoso como um sapo. Aquele suor lhe surgiu como se fosse a prova: aquele homem era um estrangeiro, retirado do seu mundo. Na sua terra ele pouparia suores ao fazer amor. Mas ele estava deslocado como um sapo longe do seu charco. E como um sapo adormeceu em seus braços, roncando. Empurrou o peso daquele corpo como quem afasta uma culpa.

Amanhecia quando arrumou o saco e saiu por esse cacimbo que molha tanto como a chuva menininha. Chorou, chorou. Queria atar a tristeza com o fio de suas lágrimas. Chamou todo o ódio contra aquele homem que a violara. Mas o ódio não veio. A culpa era só dela, transitando entre esses mundos, num vira-revira. Ela devia, enfim, retornar ao seu lugar de origem, a ver se o tempo ainda tinha jeito para lhe embalar. Mas ela, no fundo, sabia que não havia de reencontrar o mundo onde nascera. Tia Euzinha, quando a viu chegar, traduziu esse receio:

— *Não devias ter voltado, filha.*

Que a gente da aldeia não haveria de a querer ali, ida e voltada, outrora menina da terra, hoje mulher de visita. Se saíra, cortara os laços, não devia mostrar o golpe da partida. Porque nela lhes doía o terem ficado. A formiga incomoda é dentro das roupagens.

Nos meses que ali permaneceu uma terrível certeza lhe foi chegando: ela se barrigava, um filho nela se aninhava. Esse menino viria a nascer sem a devida cor: seria um mulato. Tia Euzinha lhe tinha avisado: *não confesses a verdadeira raça dele, antes vale dizeres que ele é albino.* Nascera assim porque, durante o ventre dela, fora atravessado por um relâmpago. Era essa a crença que explicava os albinos.

Mas tia, reclamou Farida, *se eu apresentar o menino como albino vou criar mais um motivo para ser afastada.* Euzinha bem sabia o preço dessa mentira. Ninguém mais poderia beber pelo seu copo, nenhuma mulher se deteria no caminho para lhe trocar os bons-dias. Nascida gémea primeiro, agora mãe de um albino: ela era a pior das leprosas, condenada para sempre à solidão.

— *Mais vale tu sofreres que a criança*, teimou Euzinha.

Esse menino nasceu sem que ela nascesse mãe. Em nenhum momento Farida notou alguma vontade de lhe dar cuidados. Foi à igreja e entregou a criança como se fosse uma encomenda de ninguém, um lapso da vida. Ficou lá, na Missão, nunca mais ela o viu. Com certeza, já faleceu. Ou foi levado pelos bandos, tornado um matador de gente. Se queria ver o filho? Não sabia, lhe custava falar o assunto. Porque se era punida por sua lembrança só ganhava amargura com seu esquecimento. Não podia nomear esse filho dela, caso senão ele todo lhe vinha à boca, lhe estalavam os lábios para saírem suas porções. *Essa criança está-me dentro, sobra-me.* Assim dizia Farida. E acrescentava: *Tenho-o dentro como um fruto abriga o caroço. Eu sou a polpa dele, estou nascendo dele, empurrada pelo seu corpo, amadurecendo até tombar na terra e ser comida pelos vermes. É assim que me sinto.*

Agora, encostada nas cordas do velho barco aquela mulher desfiava dolorosas lembranças. Seu filho era o nó onde se enlaçavam todas as suas recuadas vivências. Houve um tempo que tentou regressar atrás, recuperar esse menino. Foi à Missão, era uma tarde bonita. Sentada na berma do poço estava uma freira branca. Chamava-se Lúcia, chegara há pouquinho tempo à Missão. Parecia capaz de bondades, atenta às alheias tristezas. Ela puxava um balde por uma corda, lhe doía o tanto peso. Farida se ofereceu para a ajudar. Lúcia ficou olhando em silêncio enquanto ela puxava. Recebeu a água e perguntou:

— *És tão bonita! De onde vens?*

Quis falar mas nenhuma palavra lhe aflorava a boca. Seu filho não lhe chegava, parecia um motivo cansado. Será que ela realmente amava aquela criança?, se perguntava Farida. Se assim fosse não saberia mentir a si própria. Uma coisa a guerra faz acontecer: tudo se vai tornando verdade. Está-se pisando a fronteira, morte e vida nos trocáveis lados de um mesmo risco. Irmã Lúcia insistiu, inquirindo sobre o quê da visita de Farida.

— *Venho falar, Irmã.*

Finalmente, ela desemudecia. Falou mas ocultando a razão da sua presença.

— *Diz, minha filha.*

— *Irmã, peço: me conte estórias!*

A freira se surpreendeu. A visitante lhe explicou: queria saber notícias do mundo, ouvir as cores desse longe em que seus sonhos teimavam. Pouco importava que fossem ou não verdade. A freira, então, se demorou em desfiadas estorinhas, como se adivinhasse sua carência de fantasia. Quando se calou, o sol se inclinava na varanda da tarde. A terra sofria a inundação do poente, os campos se cultivavam de poeira-laranja. Lúcia perdera a força de mais encantorias, sua voz se desbotava vencida pela força das coisas reais, o adverso presente.

— *Lá onde vens também há guerra?*

Farida acenou a cabeça, confirmando. O sentimento da

guerra a fazia calar. A noite, de repente, se espalhou em toda a parte. Finalmente, a visitante foi capaz de anunciar suas intenções. Queria reaver seu menino, renascer como mãe. A freira lhe olhou longamente, com doçura.

— *Teu filho é Gaspar, não é?*

Ela adivinhara e, por momento, Farida teve medo que se opusesse. Perguntou apenas se ela tinha condição para tratar da criança. Respondeu que não mas que também não podia esperar essa condição. A Irmã abanou a cabeça em concordância. Então, a religiosa falou sobre demoradas tristezas de Gaspar, no sempre afundado entre os magros ombros. Não podia haver criança exercendo, neste mundo, tamanha desolação. Nunca em sua face foi visto rabisco de sorriso. Apenas de noite, enquanto dormia, o menino gargalhava. Eram risos que faziam gelar quem quer que escutasse. A Irmã era a única que, nesses momentos, se chegava ao seu leito. Ficava na cabeceira, aguardando que ele recuperasse o sossego.

Farida inspirou para fundo de si. As palavras da freira lhe faziam crescer antigos remorsos. Lhe vieram as dores da noite em que Romão lhe tomou pelo abuso, seus nervos se raspavam na memória.

— *Não sei se o teu filho vai aceitar este encontro. Há muitos que não querem nunca mais ver seus pais. Precisamos saber o que ele pensa. Espera, vou chamar Gaspar.*

Farida se assustou. Pediu à Irmã que não fizesse, ela não estava preparada para encarar seu menino. Se levantou, tonteando em círculos. Lúcia lhe segurou as mãos, trazendo-lhe sossego.

— *Deixa, eu falo com ele. Marquemos para amanhã, espera-nos junto da ponte.*

Farida se preparou para esse encontro como se fosse um noivado. Se vestiu com cuidados, penteou-se com mil esmeros. Esperou com coração de passarinho. Passou a hora, seu filho não compareceu. Contudo, uma estranha sensação ia tomando seu espírito desde que chegara. Lhe parecia que, do outro lado da ponte, um vulto espreitava, entrecoberto por trás de uns arbustos.

— *Gaspar?*

Queria ter chamado: filho. Mas não lhe saiu. Não tinha acesso a essa palavra. As folhas do arbusto se imobilizaram. Farida se convenceu que era ilusão, não havia ninguém espreitando. Era já escuro, ela se retirava quando deparou com a Irmã.

— *Gaspar fugiu da Missão*, disse Lúcia.

Nunca mais soube dele. Passaram anos mas, para ela, seu filho permanece pequenito, fugindo em desamparos pelo mato e requerendo parte de si que nunca nasceu. Por motivo dessa criança, ela só chorava lágrimas de leite. Desciam brancas na pele escura e quando as tocava, em seus dedos se arredondavam como pequeninos sóis brilhantes.

Mesmo agora, me contando tudo isso, Farida lutava com as lágrimas. Estava no fim de seu relato, sua voz estava mais firme.

— *Continua*, pedi.

Desde então ela queria cumprir um sonho antigo: sair dali, viajar para uma terra que ficasse longe de todos os lugares. Quando soube de que um navio naufragara ela se juntou ao grupo de pescadores que se dirigia para o lugar do acidente. Os pescadores assaltaram o mais que puderam, encheram a transbordar os seus barquitos. E, no fim, lhe disseram:

— *Já não te vamos levar. Não há lugar para ti.*

Eles tinham trocado pessoa por coisa. Porém, Farida não sentiu mágoa. Estranhamente se sentiu aliviada, aquilo era uma prenda do destino. Primeiro: em terra ela já não tinha nenhum lugar. Segundo: depois desse primeiro grupo de pescadores mais ninguém conseguiu abordar o navio náufrago. A toda volta do banco de areia se levantaram ondas que persistiam como guardiãs da solidão do navio. Estar ali era para Farida como uma estação de aguardo para uma outra vida. De uma coisa ela tinha certeza: os donos do navio viriam buscar suas propriedades. Um navio daquele tamanho, maior que uma povoação, não podia ser deixado assim. Os devidos proprietários viriam buscar-lhe e a encontrariam ali, pronta para toda a viagem.

Farida se interrompeu, em brusco silêncio. Se ergueu e chegou junto à amurada do barco. Ficou olhando o mar, calada. Entendi que me devia juntar a ela. Na realidade, me queria mostrar qualquer coisa. Apontou no escuro e disse:

— *Vês aquelas sombras lá? É uma pequenita ilha. Nessa ilhinha está um farol. Já não trabalha, se cansou. Quando esse farol voltar a iluminar a noite, os donos deste barco vão poder encontrar o caminho de volta. A luz desse farol é a minha esperança, apagando e acendendo tal igual a minha vontade de viver.*

Fingi ver a ilha. À minha frente só se abria os escuros panos da noite. Mas Farida punha tanta verdade em sua esperança que eu não ousei contrariar. O que ela falou, a terminar, vou pôr em suas exatas palavras. Não posso transcrever seu rosto, disposto em pétalas de luz, conforme a sinceridade da lua. Assim falou Farida:

— *Esta é a minha estória, nem sei por que te conto. Agora, estou cansada de falar. É perigoso continuar. Quem sabe eu perderei o pensamento, as minhas lembranças se misturarão com as tuas. Pensas que estou delirando? Escuta, Kindzu: sabes quem te guiou até aqui? Não acreditas nos xipocos? Pois eu sou da família dos xipocos. Me ensinaram a apagar essa parte de mim, crenças que alimentaram nossas antigas raças. Agora, não é que acredite neles, nos espíritos. Sei que sou um deles, um espírito que vagueia em desordem por não saber a exata fronteira que nos separa de vocês, os viventes. Nós somos sombras no teu mundo, tu jamais nos tinhas escutado. É porque vivemos do outro lado da terra, como o bicho que mora dentro do fruto. Tu estás do lado de fora da casca. Eu já te tinha visto desse outro lado, mas as tuas linhas eram de água, teu rosto era cacimbo. Fui eu que te trouxe, fui eu que te chamei. Quando queremos que vocês, os da luz, venham até nós, espetamos uma semente no teto do mundo. Tu foste um que semeámos, nasceste da nossa vontade. Eu sabia que vinhas. Te esperava, Kindzu.*

Quinto capítulo

O FAZEDOR DE RIOS

MUIDINGA POUSOU OS CADERNOS, pensageiro. A morte do velho Siqueleto o seguia, em estado de dúvida. Não era o puro falecimento do homem que lhe pesava. Não nos vamos habituando mesmo ao nosso próprio desfecho? A gente vai chegando à morte como um rio desencorpa no mar: uma parte está nascendo e, simultânea, a outra já se assombra no sem-fim. Contudo, no falecimento de Siqueleto havia um espinho excrescente. Com ele todas as aldeias morriam. Os antepassados ficavam órfãos da terra, os vivos deixavam de ter lugar para eternizar as tradições. Não era apenas um homem mas todo um mundo que desaparecia.

Tuahir parecia alheio a estas tristezas. Estavam ambos sentados na sombra de uma massaleira. Um vento soprava e os frutos se embatiam, em múltiplos batuques. Uma vez mais, a paisagem mudara seus tons e tamanhos. O arvoredo era mais baixo embora mais cheio. A humidade crescia, devia haver uma aguinha a correr perto. Tinham saído do autocarro na madrugada desse dia mas andaram apenas em círculos para não se afastarem muito da sua moradia. O velho fez sinal para retomarem caminho. Seguia à frente, suave como ave. Era seu jeito de calcorrear, pés matreiros, felinamente. Dessa vez, porém, ele se dispunha com boa qualidade, lembrando seus antigos namoros.

— *Se um dia se casar-se, Muidinga, escolha mulher feiona, dessas que os outros nunca invejam.*

Nem que fizesse como Rafaelão, seu primo familiar, que escolheu a moça mais bela e, depois, lhe foi pondo defeito por cima de defeito. Um dia lhe riscava o rosto, outro lhe cortava os cabelos, outro ainda lhe queimava a pele. A pobre mulher era de divulgar sustos.

— *Deus, tanta maldade!*

— *É, a mulher lhe dava trabalhos muito diários.*

Súbitos ruídos os interrompem, mais diante. Parecem vozear de gente, nas traseiras de um pequenito monte. Sobem, com cuidado. Era um homem que, do outro lado da encosta, abria um imenso buraco, facholando com afinco. A cova era tão funda e comprida que parecia que a intenção dele era partir o mundo em dupla metade.

Gritam, pedindo-lhe atenção. Do fundo do buraco o desconhecido faz sinais com a mão, mostrando que deveriam esperar. Vai subindo com vagares, demorado como se fosse cobra procurando os pés. Ao chegar perto, se afina e, sem mais nem porquê, corre para Tuahir. Se abraçam, amistosos. Muidinga olha, sem compreensão.

— *Este é Nhamataca. Trabalhámos juntos, no tempo colonial.*

Se cumprimentam rodando as mãos sobre os polegares, à maneira da terra. Os dois velhos amigos se sentam, fiando conversa, recordando os tempos.

— *Sabe, Muidinga? Nós dois éramos empregados do mesmo patrão.*

Cada um puxa a sua lembrança, em suave escorrer, rindo mesmo dos mais tristes momentos. O miúdo lhes chama ao presente. Quer saber o que animava Nhamataca, covando assim.

— *Estou a fazer um rio*, responde o outro.

Riem-se, o rapaz e Tuahir. Mas o homem insiste, no sério. Sim, por aquele leito fundo haveria de cursar um rio, fluviando até ao infinito mar. As águas haveriam de nutrir as muitas sedes, confeitar peixes e terras. Por ali viajariam esperanças, incumpridos sonhos. E seria o parto da terra, do lugar onde os homens guardariam, de novo, suas vidas.

Estava tão seguro que começara por escavar no chão da própria casa. Ruíram as paredes, desabou-se o teto. Os seus se retiraram em dúvida da sua sanidade. Idos os próximos, irados os distantes. O sujeito desafiava os deuses que aprontaram o mundo para os viventes dele só se servirem, sem ousarem mudar a sua obra. Mas Nhamataca não desistiu, covando no dia a noite. Foi seguindo, serpenteando entre vales e colinas, suas mãos deitando e renovando mil vezes as sangradas e calejadas peles. E agora, sentado na ribanceira, guarda com vaidade a sua construção. Aponta o fundo:

— *Vejam: já esponta um fioziozito de água.*

Tal aguinha nem se via. Havia, quando muito, um suor na areia do fundo. Mas os visitantes não contrariam.

— *E nome que ele vai ter?*

Nome que dera ao rio: Mãe-água. Porque o rio tinha vocação para se tornar doce, arrastada criatura. Nunca subiria em fúrias, nunca se deixaria apagar no chão. Suas águas serviriam de fronteira para a guerra. Homem ou barco carregando arma iriam ao fundo, sem regresso. A morte ficaria confinada ao outro lado. O rio limparia a terra, cariciando suas feridas.

— *Você, Muidinga, não se admire. Afinal, Nhamataca cumpre destino igual ao pai dele.*

Com a licença do outro, Tuahir recorda a estoriazinha do pai do fazedor de rios. O homem vivia só, se lamentando: antes mal acompanhado! Habitava na esteira de um rio largo, tão largo que deitava a pequeno qualquer tamanho da outra margem. Lhe doía a vida, indevida em um só indivíduo. Não haveria outra humanidade neste extenso mundo? Até que um dia, do outro lado das águas, lhe pareceu chegar uma voz. Havia um cacimbo cheio, era a estação das brumas. O velho se ergueu e espreitou a lonjura. Lá estava: do outro lado, o esbatente vulto de um gentículo. Deste lado, o pai gritou também. Não entendia rabisco que o outro dizia. Mas ripostava, com ânsia, antes que a miragem, desiludida, desaparecesse. Durante dias, se repetiu a troca de berros, até ao arrebatamento das vozes se converterem uma em outra, sem nenhuma palavra se ter tornado entendível. O velho todo o dia suspirava pelo momento de gritar. Um dia, contudo, o outro se demorou. Um estremecimento lhe arrepiou a tristeza. Ele já sofria de afeição demasiada pelo desconhecido, fosse a saudade de um irmão ainda por nascer. Manobrou, então, um pressentimento: e se, nos anteriores dias, o outro lhe tivesse tentado avisar de qualquer tragédia que estivesse por acontecer? Ou se o outro estivesse doente, necessitado de um braço amigo?

Decidiu então improvisar uma jangada, depressou-se na sua construção. E se lançou nas vagas, transversando a corrente. Em meio da jornada reparou como havia sido grande sua ousadia. E as ondas cresceram, grandes que ele nunca vira. A barcaça não resistia, o caudal do rio a ver com quantos paus se desfaz uma canoa. A água já embarcara, aos bocejos, na almadia. O pai de Nhamataca afundava, sem remédio. Nesse instante, porém, ele viu que um outro barquito avançava em sua direção. Olhou: era o vulto da outra margem que acorria em rumo avesso, direito a o salvar. Braços fortes o puxaram e ele se anichou, encharquilhado na outra embarcação. Foi então que, desfeitas bruma e lonjura, descobriu que o personagem do outro lado era uma mulher, dona de incendiada beleza. Tudo o resto se passou em silêncio como se perto já não se escutassem. O amor que trocaram é assunto para duas vidas inteiras, abandonadas para sempre num barquito sem rumo.

— *Nasci num barco, sou filho das águas*, sorri Nhamataca a fechar a estória.

E adianta lição: nenhum rio separa, antes costura os destinos dos viventes. A prova era o seu nascimento. Agora, ao gerar um rio, Nhamataca paga uma dívida para com um tempo mais antigo que o passado. Talvez que um novo curso, nascido a golpes de sua vontade, traga de volta o sonho àquela terra mal amada.

— *Nós te ajudamos, Nhamataca.*

Para Muidinga aquele é um projeto demasiado louco. Melhor é virarem costas às razões de Nhamataca, pouco importando que fossem ou não verdade. Ele e o velho tinham outras intenções, não se podiam desviar por irrealidades. Tuahir negou. Ele acha que devem juntar braços com o fazedor de rios. Tuahir tinha argumento de uma vantagem: quem sabe pudessem aproveitar o nascente rio? A viagem deles se tornaria curta, menos custosa.

— *Em vez de esperarmos na estrada, fazemos o nosso caminho.*

Muidinga acede. Durante dias covam no consistente chão. Não avançam muito porque uma zona pedregosa se entrepõe. O miúdo já tem as palmas da mão a sangrar e lhe despontam dúvidas para um tal sacrifício. Fazer um rio? Esperto é o mar que, em vez da briga, prefere abraçar o rochedo. Muidinga volta a mudar de ideias sobre o empreendimento. Fala com Tuahir, à parte. Lhe faz ver a loucura de Nhamataca. Mas seu companheiro se nega a dar audição.

— *Desculpa, Muidinga. Nhamataca não está maluco, não. O homem é como a casa: deve ser visto por dentro!*

Nessa noite, uma trovoada estoura, com rebentações jamais vistas. A tempestade cresce como o pão na quentura do forno. Os relâmpagos circuitam a noite, tricotando a noite com súbitos fios de luz. Começa uma chuva torrencial, parecia o universo se dissolvia. Os três se perdem em correrias a procurar a impossível direção de um abrigo. O rapaz grita para que se juntem. Ficam, tremendo, trocando os braços, comunhando um descontrolado medo. De repente, Nhamataca se alerta, apontando o intermitente chão. Havia um sulco que se enchia.

— *O rio, é o rio!*

Nhamataca festeja o nascimento como se fosse um fruto de sua carne. Larga o abraço dos outros, se acerca do febrilhante ribeiro. Ergue os braços ao céu, pedindo luz. Ele quer afagar sua nascente obra. Muidinga e Tuahir clamam para que preste cuidado mas ele se ocupa dando vivas ao vindouro. Seu corpo convulso é visível apenas nos breves e entrecortados instantes dos raios. A memória do acontecido se fará assim por soluços, Nhamataca tombando na torrente do furioso regato. O velho e o moço querem segurar o corpo do covador, mas a corrente, redemoníaca, cresce em fúrias desordenadas. E Nhamataca desaparece, misturado nas súplicas dos outros, o trovejar dos céus e o gorgolejar do rio, seu descendente. Tuahir ainda segue a tentar vislumbrar sua reaparição mas as margens se esboroam, fareladas. O leito se iguala ao resto da savana, as terras fugindo na torrente. Se houve obra de um homem foi apenas um rio de pouca dura.

Chove toda a manhã com tal empenho que, para não se perderem, Muidinga e Tuahir vagueiam de mãos dadas. Ao meio-dia a chuva para. O sol se empina no céu, com tamanha vingança que, num instante, chupa os excessos de água sobre a savana. A terra sorve aquele dilúvio, enxugando o mais discreto charco. No inacreditável mudar de cenário, a seca volta a imperar. Onde a água imperara há escassas horas, a poeira agora esfuma os ares. Ouve-se o tempo raspando seus ossos sobre as pedras. Em toda a savana o chão está deitado, sem respirar. A cauda do vento se enrosca longe. Até o capim que nunca tem nenhuns pedidos, até o capim vai miserando.

Muidinga olha a paisagem e pensa. Morreu um homem que sonhava, a terra está triste como uma viúva. Tuahir vagueia em roda procurando encontrar um modo de regressar à estrada. O rapaz confia no entendimento que o velho tem sobre as pedras, em seu atento ler nas folhagens. Tuahir é capaz de saudar um carreiro onde ninguém mais descobre caminho. O mato é a sua cidade.

Agora, porém, os dois parecem vagabundear sem direção. A fome começa a pedir deferimento. Dia após dia, avançam num círculo, rodopeões. Muidinga começa a desconfiar das certezas do seu guia.

— *Nos perdemos, Tuahir?*

— *Perder? Nunca, miúdo.*

Ele pensamenta, fiando conversa. O que é perder-se, ao fim ao cabo? Muita gente, acreditando ter a certeira direção, nasce já equivocada. E continua barateando prosa. Quem sabe desejasse só distrair o jovem, para que ele não tomasse a sério o destino. O tempo passa, cai a noite. Os dois viajantes se deitam no relento. O velho não alcança o sono.

— *Não dorme, tio?*

— *Não. Desconsigo de dormir.*

— *É por causa do homem do rio.*

— *Nada. Nem lembro isso. É que sinto falta das estórias.*

— *Quais estórias?*

— *Essas que você lê nesses caderninhos. Esse fidamãe desse Kindzu já vive quase connosco.*

— Deixei os cadernos lá no machimbombo. Mas eu já li outro caderno, mais à frente. Lhe posso contar o que diz, quase sei tudo de cabeça, palavra por palavra.

— Fala devagarinho para eu compreender. Se adormecer, não para. Eu lhe ouço mesmo dormindo.

Quinto caderno de Kindzu
JURAS, PROMESSAS, ENGANOS

FARIDA DORMIA NA CABINA DO CAPITÃO. Enquanto eu dormia fora, deitado entre cordas e panos velhos. O anão nunca saía do porão, de guarda aos donativos. Caso estranho: Farida não era capaz de ver o tchóti. Pior ainda: ela desacreditava da sua existência. Eu lhe apontava lá em baixo no porão, a sombra escura e minusculinha do anão. Ela se ria, como se fosse brincadeira. Eu lhe notava os barulhos que o baixito fazia, ela respondia que era o mar ecoando no navio. Desisti de provar a presença do tchóti. Aliás, mesmo eu comecei a duvidar. Cheguei a descer ao porão para provar se o baixito ali permanecia. Chamei por ele, vasculhei, passei tudo pela finura de um pente. Nada. Nem vestígio do anão. Farida tinha razão? Será que só em sonho a criaturita preenchera alguma existência? Ou seria, mais outra vez, obra de meu pai?

Essas perguntas me perseguiam enquanto procurava ninho para dormir. Do lugar onde me ensonava eu podia ver o céu, todo redondo, estrelinhoso. Nas noites mais claras eu já enxergava a torre do farol. No princípio eu não conseguia distinguir a ilha mais sua construção. Agora, sim. Já os via tanto quanto deixara de ver o anãozito. Eu e Farida trocáramos de ilusões? E lá estava o farol, esse da esperança. Parecia uma zebra descansando sobre uma só perna. Muitas vezes nem se via a pequena ilha onde tinha sido construído. As ondas cobriam os rochedos, em crinas de espumas. Nas ventanias, o mar se agravava e parecia o barco ia ser arrancado. Eu pensava: "lá vamos partir de viagem, sem rumo nem comandante". Contudo, o barco apenas rangia, cansado. Nenhuma força conseguia libertar aquele náufrago. Tinha teimosias iguais às de Farida, só que de contrárias direções. Um queria ficar, outro ansiava partir. Nada parecia demover aquela mulher de sair de sua terra, abandonar tudo. Seu filho era sua única dúvida, a última âncora.

Antes de deitar, Farida passeava pelo convés. Vagueava, espreitando no escuro. Nesses momentos, ela me recordava meu pai, andando pelo mato à procura de sonhos.

— *Não sentes, Kindzu? O barco está a mexer!*

Não mexia. Só ela sentia o navio ceder. Naquele destroço, o tempo parecia também naufragado. Nesse enquanto, fui um ouvidor. De cada vez que sofria uma dessas estranhas febres que lhe roubavam o corpo, Farida contava sua estória, fiava e desfiava lembranças. Eu escutava até anoitecer. Meu pai costumava dizer que a escuridão nos faz nascer muitas cabeças. Os relatos de Farida me faziam entrar no passado dela como se eu fosse natural desse seu tempo. Minha companheira perdia a noção do mundo enquanto duravam suas recordações. Era eu que alertava para a fome, para a sede, para o frio. Comíamos e bebíamos da despensa do navio. Havia ainda demais reservas. Farida podia ficar aqui por tempos e tempos. E parecia era esse o desejo dela. E as estórias se seguiam, se repetiam, trocavam e multiplicavam.

— *Me estás a ouvir, Kindzu?*

Na realidade, eu já desistira de escutar. Pensava sobre as semelhanças entre mim e Farida. Entendia o que me unia àquela mulher: nós dois estávamos divididos entre dois mundos. A nossa memória se povoava de fantasmas da nossa aldeia. Esses fantasmas nos falavam em nossas línguas indígenas. Mas nós já só sabíamos sonhar em português. E já não havia aldeias no desenho do nosso futuro. Culpa da Missão, culpa do pastor Afonso, de Virgínia, de Surendra. E sobretudo, culpa nossa. Ambos queríamos partir. Ela queria sair para um novo mundo, eu queria desembarcar numa outra vida. Farida queria sair de África, eu queria encontrar um outro continente dentro de África. Mas uma diferença nos marcava: eu não tinha a força que ela ainda guardava. Não seria nunca capaz de me retirar, virar costas. Eu tinha a doença da baleia que morre na praia, com olhos postos no mar.

Certa vez ela se chegou grave. Colocou suas mãos nas minhas e deixou um silêncio pousar. Depois, me pediu:

— *Quando saíres daqui quero que vás procurar meu filho. Hei-de levar Gaspar comigo.*

— *Não posso, Farida. Vou sair daqui e procurar os naparamas.*

— *Tu nunca vais encontrar esses teus naparamas. Esquece isso.*

— *Não posso.*

— *Não vês que essa gente também é filha da guerra? Quando vencerem ficam iguais aos outros. Vão querer dividir as vantagens com os outros.*

— *Cala-te, tu não sabes nada sobre esta guerra. Tu queres fugir, não tens nenhum direito de falar.*

Farida se ofende. No resto do dia ela me evita. Eu também me afastei. Aquela mulher tinha maltratado a minha maior aspiração. Eu precisava acreditar que existia uma causa nobre, uma razão pela qual valia a pena me entregar. Farida não tinha o direito de manchar aquela crença. Ao fim de um tempo, porém, reconsiderei: procurando uns naparamas bem podia procurar também o tal Gaspar. Não valia a pena acender briga naquele tão pequeno espaço. Me cheguei a Farida e perguntei como se não tivesse nenhum empenho:

— *Como posso encontrar teu filho?*

Farida se espanta. *Queres mesmo ir procurar o miúdo*, pergunta ela. A sua mão pousa em meu braço: *espera, não vás já! O melhor é aguardar por uma noite de luar para a tua canoa não virar nas pedras.* Repeti a pergunta: onde deveria eu vasculhar para encontrar seu filho? Ela fingiu que pensava naquele momento. Mais de catorze anos se tinham passado desde que entregara seu filho na missão. E se eu procurasse tia Euzinha? Ou quem sabe Virgínia ainda estivesse por ali? Na missão? Na missão nem valia a pena, Gaspar nunca haveria de lá voltar. Enfim, eu que tentasse tudo em toda a parte. O menino não poderia ter desaparecido assim, qualquer maneira.

— *Procura onde teu peito suspeitar. Mas promete me trazer de volta o meu menino.*

Prometi. Eu começaria a busca mal chegasse a terra. Mas eu

sentia em mim uma guerra de quereres: parte de mim desejava que ela nunca mais encontrasse o filho. Seria uma maneira de ela ir ficando por ali, um modo de eu guardar sua companhia. Outra parte de mim queria merecer afetos. Redescobrir Gaspar seria o modo vitorioso de conquistar esse afeto. Depois, porém, eu comecei a duvidar se aquela mulher merecia tantas juras de minha parte. Porque as suas estórias foram mais e mais entrando na confusão. Dizia e desdizia. Uma certa vez, quando eu queria aprofundar o caso de seu filho ela me inquiria, surpresa:

— *Meu filho? Qual filho?*

— *Seu filho Gaspar!*

Demorou um tempo até se recordar. Afinal, ela se deslembrara assim do pé para a mão? Ou inventara tudo de sua criação? Comecei a pôr muita sobrancelha nas seguintes escutas. Farida se multiplicava em Faridas. Até que uma noite, o calor me fazia rebulir sobre os panos. Acordei estremungado. Ouvi barulhos. Um pequeno barco a motor se aproximava. Farida veio e gritou agitada:

— *São eles, me vêm buscar!*

Eles, quem? Farida não respondeu. Me agarrou pelos braços e implorou defesa. Mas não foi preciso eu fazer nada. Porque uma grandiosa tempestade subitamente rebentou. O barquinho dos visitantes não conseguia encostar ao nosso. Tentaram várias vezes. Mas depois, desistiram e se retiraram, escuro adentro. Voltei a perguntar:

— *Mas Farida, quem eram?*

— *Me querem vir matar, Kindzu.*

Um assassinato? Que motivo teria? Me pareceu pouco acontecível, mais um delírio daquela mulher. Daquela vez, porém, seu comportamento me estranhou, em convincência. Ela se encerrou em seu quarto e me pediu que me mantivesse à espreita, não fossem os outros regressar. Fui para o convés, molhado até dentro dos olhos. A chuva redigia suas gordas gotas, hesitantes entre trovoar e tropousar. As nuvens se acotovelavam, sem gentileza. Podiam se tocar, pedirem desculpa e continuar caminho. Enquanto não: brigavam, cuspiam lumes, resmungos celestiais. Será que aprenderam dos homens as impaciências terrestres?

Aquelas nuvens me fizeram recordar quantos dias passaram desde que chegara ao barco encalhado. Já me fartava daquela sozinhidão. Farida nem se importava com a espera. Muitas vezes eu lhe pedia:

— *Vem, volta comigo para terra.*

Por que razão eu não queria que ela fosse em sua viagem? Por que me doía pensar que alguém pudesse vir-lhe buscar e levar-lhe para terras muito estrangeiras? Será que já me afeiçoara tanto assim àquela mulher? Ou simplesmente sentia inveja de não poder partir também, sair daquela terra enlouquecida? Quem sabe eu tinha medo de aceitar esse desejo do longe, tão igual ao de Farida? Afinal, ali sob a grossa chuva, de sentinela aos obscuros saltinhadores, eu apenas fingia proteger Farida. Era ela quem realmente me protegia, era ela quem governava os espíritos daquele navio. Meu único espírito, o anão, já se havia extinguido.

Uma coisa me certificava: pouco a pouco eu me amarrava à presença daquela mulher. Nunca eu tinha tocado em mulher de amar. As autênticas, reais mulheres me temorizavam. Ao invés, Farida era quase irreal, ela se sonhava e eu me deliciava naquele fingimento que punha nela. Mas quanto mais me ardia em paixão mais eu sentia que me devia ir embora. Minha missão era outra. Por muito que começasse a duvidar, eu não podia esquecer meu original motivo: ser um naparama, um guerreiro de justiça. Farida me roubava coragem do caminho, me roubava força de decidir. Cada dia que passava, meu coração semelhava mais e mais aquele barco. Eu estava parado naquela mulher, como os ferros preguicentos do barco estavam cravados no banco de areia. Não podia adiar mais, se quisesse ainda ser dono de mim. Deveria partir, imediatamente. Desci o porão apenas para descarregar consciência sobre o anão. E se ele realmente existisse? Essa minha dúvida aumentou quando de um lado do porão vi pacotes e caixotes arrumados em altura reduzida como se tivessem sido empilhados por criança. Gritei, chamei. Recebi nenhuma resposta. Insisti, o silêncio teimou mais que eu. Farida estava certa, não havia ninguém mais no barco a não ser nós os dois.

Saí do porão, aspirei fundo o ar salgado. Nesse dia estava Setembro, o mês que chama os temporais. O vento soprava trazendo e levando uma chuva quente. De repente, a cabina de pilotagem se acendeu, um xipefo pintou luz, em doces pinceladas. Por entre as cortinas vi o corpo de Farida. Ela se banhava. Assim, em contorno de claro e escuro a mulher se esfregava em água ou em claridade? Cheguei à escotilha, espreitei sem disfarce. Farida me notou, virou-se de lado e acenou um gesto de convite.

Entrei, perturbado, ardendo de intenção. Juntei-me a ela, chegadinho, fosse confiar-me um ilegítimo segredo. Ela se prumou, face a face. Nos olhámos como se reconhecêssemos, no outro, o único ser da terra. Eu para mim, me garantia: não chegava uma vida inteira para contemplar aqueles olhos. Cinzas, se nos olhos dela dormitavam, em brasas se acenderam. Um dedo foi entrando no canto da sua boca. Toquei primeiro em seus dentes, depois senti sua saliva. Era uma saliva quente, parecia que não era apenas um dedo mas todo eu inteiro que penetrava numa caverna aquecida. Outro dedo caminhou nos interiores dela, nervoso de contente. Lá fora, o mar esturdilhava, lançando espumas. O vento soprou com mais raiva, as ondas começaram a varrer tudo, sem respeito. Mesmo ali, no guardado da nossa sala, a água jorrava. Nem parecíamos notar. O mundo esvanecia e o mar já não importava. As mãos molhadas de Farida desataram as vestes, os dedos dela parecia eram de água. Ela se deitou, derramada no chão de ferro. Nos colámos em gestos de afogado. As vagas ondeavam nossos corpos, indo e vindo. Os dois éramos já só um, emergindo como uma ilha num imenso nada.

Depois, nos desprendemos, fatigados. Ela estremeceu, molhada. Se chegou ao xipefo, se envolveu numa manta. Permaneci, prostrado, seguindo cada movimento dela. Que idade teria? Porque se Farida dava como uma mulher, recebia como uma menina.

— *Tens que ir, Kindzu.*

Não entendi. Antes, ela me pedira que eu aguardasse pelas noites de luar. Agora se antecipava à lua. E depois, eu é que devia anunciar a partida. Como é que ela podia ordenar a nossa separação?

— *Eu vou. Mas tu vens comigo, Farida.*

Ela negou: não podia abandonar aquele navio. *Mas é um destroço, Farida. Aqui só há outroras, isto é água riscando fósforos.* Ela não recuava ideia. *Aqui, Kindzu, é o meu ninho. E depois, tenho a certeza, me hão-de vir buscar.*

— *Um barco desse tamanho não pode ser esquecido. Os donos virão rebocar esta carcaça, eu irei junto. Para longe, muito longe, Kindzu.*

Praguejei. Eu sabia que a miséria se cura é com farturas. É verdade que o melhor lugar para o vivo se esconder é no meio de um enterro. Mas aquele devaneio dela não tinha conformidade nenhuma. Tanta ilusão não se concebia. Gritei, em desespero: *vais é morrer aqui, apodrecer sozinha.* Ela girou, furiosa. Meus modos lhe desacertavam. Parecia que ela iria responder à justa letra e tom. Mas permaneceu gesticalada, com esse surpreendimento que só as mulheres são capazes. Mais tarde, avançou, carinhenta:

— *É o tempo da gente ser cada um. Só isso, Kindzu.*

— *A terra que tu procuras é esta, Farida. Não há outro lugar.*

— *Tu não entendes, Kindzu. Eu quero sair, continuar viva.*

— *E teu filho: vais deixá-lo?*

Eu pensava que aquele seria argumento fatal. Enganei-me. Ela já não escutava. Cabisbaixei-me, desistido. Quis enrolar um cigarro, o papel estava encharcado. Amarrotei o charro e atirei para o chão como se nos meus dedos estivesse a minha vontade. Farida não percebia: eu não podia senão viver no sossego da labareda, à sombra de uma paixão mortal. Ela me roçou um gesto, terna, materna. Perguntei se algum recado havia, alguma mensagem a levar para terra. Ela trocou uns dedos de silêncio e, depois, murmurou:

— *Eu, Deus me esqueça, só peço uma coisa: é que meu filho já não viva.*

— *Não diga uma coisa dessas. O que é isso, mulher?*

— Mas, Kindzu, acredita que eu quero mal ao meu menino? É que quase eu penso que na morte se está melhor que aqui. E, depois, são pressentimentos, coisas de mãe, nem você pode nunca entender.

— Eu prometi que iria buscar seu menino. É isso que farei, Farida.

Ela sorriu, nem sei se de gratidão. Talvez se divertisse de minha ingenuidade. Pedi-lhe que prometesse esperar pelo meu regresso. Respondeu com um vago aceno. Insisti:

— Virei com seu Gaspar. Promete que me espera?

— Prometo. Agora vai, Kindzu. Vai dormir que sua viagem segue amanhãzinha cedo.

Fui-me deitar em meu recanto. Farida não queria que dormíssemos juntos. Quem dorme no colo de outro perde a alma, dizia. Os sonhos não encontram os respectivos donos quando homem e mulher dormitam entrelaçados. Assim, me embalei solitário, procurando vencer meu cansaço. Em vão. Já era madrugada ainda eu não dera jeito no sono. As pálpebras cabecearam só quando o dia espontava. Olhando o nascer da luz realizei que nunca mais dera atenção ao astro-dia. No fundo, me despedira da luz nas praias de minha aldeia. De bruços sobre o verão, eu deixara o sol na savana do tempo. Molhado, quase líquido, o dia brotava das fundas águas do Índico. Se ergueu com a soberania das coisas derradeiras. E a terra se via estar nua, lembrando distante seu parto de carne e lua.

Sexto capítulo

AS IDOSAS PROFANADORAS

À VOLTA DO MACHIMBOMBO Muidinga quase já não reconhece nada. A paisagem prossegue suas infatigáveis mudanças. Será que a terra, ela sozinha, deambula em errâncias? De uma coisa Muidinga está certo: não é o arruinado autocarro que se desloca. Outra certeza ele tem: nem sempre a estrada se movimenta. Apenas de cada vez que ele lê os cadernos de Kindzu. No dia seguinte à leitura, seus olhos desembocam em outras visões.

Muidinga já não reclama para passear pelas cercanias. Apenas Tuahir deseja sair, se espraiar pelos matos. Seu pretexto é a água: é preciso ir buscá-la, armazenar uma boa porção. Aconteceu nessa manhã mais cedo que o habitual:

— *Vamos!*

— *Eu fico, tio.*

— *Nem pense. Aqui ninguém fica. Se não quer me acompanhar então siga noutra direção. Mas aqui é que não fica.*

Valia a pena discutir? Muidinga se resigna, pois, a ir sozinho pelos carreiros dos bichos. Tuahir segue em oposta direção. Por onde seguia o moço os capins se infindavam, num moçambique de verdes. Os olhos de Muidinga se meninam a ver as árvores. Em redor, já nada faz recordar a savana empobrecida. Agora a floresta floresce. Os caminhitos com a guerra se desabituaram de servir. E os capins ganharam confianças, cobrindo tudo. De repente, as árvores se suspendem em clareira. Um campo se abre, de cultivos pobres: milho, meixoeira, pouca mapira.

Muidinga para a olhar. Ali estava, mesmo que indigente, uma extensão da vontade humana. Fica por instantes a inspirar aquele perfume da terra lavrada até que escuta vozes, vindas do fundo da paisagem. Eram mulheres que se aproximavam, cantando. Traziam ramos nas mãos e com eles iam batendo no chão. Da terra se levantavam nuvens e talvez fosse a poeira que não as deixava ver o miúdo. À frente, vem uma velha, corcunda, esbafurada. Muidinga grita para que seja notado. Há um alvoroço. Elas primeiro se alarmam, depois fazem uma roda, bichanando. Muidinga vai chegando perto, curioso. Súbito, elas correm para ele. O moço fica parado. Uma voz dentro o avisa:

— *Foge, Muidinga!*

Mas ele nem dá entendimento. Fugir de um grupo de tão avançadas senhoras? As velhas já estavam junto, cercando-lhe. Gritam em língua que ele desconhece, parecem dedicar-lhe azedos insultos.

A mais velha se acerca e, com insuspeita força, lhe bate na cara. Muidinga fica dominando fervuras, entre receio e rancor. O seu medo estava preparado para as demais situações mas não para enfrentar tão idosa e feminina violência. Uma por uma, todas as outras dão um passo em frente e lhe atiram pancadarias. Lhe batem com paus, ramos secos, lhe atiravam areia, pedras, torrões.

— *Porquê me batem, mães?*

Mas elas não entendem a sua língua. E desse desencontro se enchameia mais a zanga daquela gente. Braços e pernas se cruzam na azáfama de lhe golpejar, gritos e risos se enroscam na fúria de lhe ofender. O miúdo se humilha, olhos prestes a se aguarem, indefeso como bicho fora da toca.

— *Não me batam mais, por favor!*

Então, a mais velha se coloca de pernas abertas sobre seu corpo derrubado e, num puxão, se desfaz da capulana. Aparecem as usadas carnes, enrugadas até aos ossos, os seios pendentes como sacos mortos. Ela grita, se lambe a si mesma, em inesperadas volúpias. Sobe a mão por entre as pernas e se deixa cair sobre o rapaz. E se desata a esfregar de encontro ao prostrado Muidinga, mais ciosa que ansiosa. As outras acompanham xiculunguelando, palmando. Uma por uma, todas restantes vão tirando as roupas, trapos e sacos com que se cobriam. Estão nuas, dançando frenéticas à sua volta. A mais idosa dá mais avanço a seus intentos, puxando as íntimas partes do rapaz, abraçada como se lhe quisesse arrancar a alma. Muidinga nem se quer inteirar da sucedência: estava a ser violentado, em flagrante abuso. A primeira se sacia, abusa e lambuza. Depois, as outras se seguem, num amontanhado de corpos, gorduras e pernas.

O pobre moço nem sabe se perdeu o consenso ou se o mundo rodou mais rápido que as mulheres endoidadas. Sabe apenas que está saindo de um escuro e as luzes pirilampejam, abrindo soluços no céu. No recorte da visão está Tuahir, lhe puxando para uma sombra.

— *O que aconteceu?*, pergunta Muidinga.

Tuahir sorri. E lhe explica com modos paternos. O que aconteceu foi que aquelas mulheres estavam em sagrada cerimónia, afastando os gafanhotos que assaltaram as plantações. Elas estavam a enxotá-los, a esconjurar a maldição. A chegada de um intruso quebrou os mandamentos da tradição. Nenhum homem pode assistir a esta cerimónia. Nenhum, nunca.

— *É que esses não são gafanhotos próprios. São gafanhotos de alguém.*

Tuahir fala apontando os campos onde cardumes de gafanhotos, em nuventanias, mastigavam o mundo. Aquele escasso verde desaparece dentada por dentada.

— *Vamos para o machimbombo.*

Muidinga se deixa levar nos braços do velho. Lhe sabe bem aquele abandono, as marcas dos brutais apertos lhe parecem nem existir. E é assim dorido que Tuahir o deixa tombar no banco do velho machimbombo. O miúdo geme enquanto o velho lhe aquece um chá.

— *Vá, beba. Fique forte que é para, mais logo, atacar aqueles caderninhos que você sabe.*

— *Mas, tio. Nem sei se vou conseguir.*

— *Consegue. Leia como o velho Siqueleto, um olho aberto de cada turno.*

Sexto caderno de Kindzu

O REGRESSO A MATIMATI

FARIDA ME DERA UM GOSTO NOVO DE VIVER. Até ali me distraíra nesse estar contente sem nenhuma felicidade. Depois de Farida me tornei encontrável, em mim visível. Muitas vezes me avisei do perigo desse amor. Nenhum de nós podia esperar muito: como ela eu era um passageiro esquecido da qual viagem. Mas Farida me mandava calar, dedo sorrindo sobre os lábios. Eu temia sua inocência: ela não sabia viver. Tinha sido preparada para um outro mundo, um mundo com ordem e medida. O país mudara, ela estava desamparada, sem ninguém a quem recorrer. Eu sentia o mesmo, mas de uma outra maneira. Talvez porque não tivesse um filho, não tivesse ninguém. Minha única posse era o medo. Sim, foi para escapar do medo que saíra de minha pequena vila. Porque esse sentimento já totalmente me ocupava: eu passeava com o medo na rua, dormia com o medo em casa. Quem vive no medo precisa um mundo pequeno, um mundo que pode controlar. Nosso mundo, meu e de Farida, tinha agora o tamanho de um navio. Para mim aquele era apenas um passageiro momento. Para Farida aquilo era o imutável cumprir de um destino.

Minha companheira comentava quase nada as realidades da vida corrente. Fantasiática, tudo para ela ocorria no além-visto. Só uma vez beliscou o assunto da guerra. Me inquiria como se habitasse um outro país:

— *Essa guerra algum dia há-de acabar?*

Acenei que sim. Mas meu coração se pequenou, constreitinho. Farida queria conhecer mais: saber o motivo da guerra, a razão daquele desfile de infinitos lutos. Lembrei as palavras de Surendra: tinha que haver guerra, tinha que haver morte. E tudo era para quê? Para autorizar o roubo. Porque hoje nenhuma riqueza podia nascer do trabalho. Só o saque dava acesso às propriedades. Era preciso haver morte para que as leis fossem esquecidas. Agora que a desordem era total, tudo estava autorizado. Os culpados seriam sempre os outros.

— *Pode acabar no país, Kindzu. Mas para nós, dentro de nós essa guerra nunca mais vai terminar.*

Farida não voltou a falar da guerra. Parecia não ter força para enfrentar as matanças distantes. Simplesmente parasse aquela discórdia dentro de si, aquela angústia que lhe tirava o sossego. Era só essa pequenina paz que ela sonhava. Quando, por fim, me despedi, ela me pediu:

— *Lá, em Matimati, nunca fale de meu nome. Eles me odeiam.*

Já em meu concho, remando para terra, surgia clara a razão do meu retorno à costa. Eu procurava apagar o fogo que devorava aquela mulher. Nem sequer era generosidade. Precisava salvar Farida porque ela me salvava da miséria de existir pouco. Havia, por fim, um alguém que não estava metido no mesmo lodo em que todos chafundávamos, alguém que mantinha a esperança, louca que fosse. Farida, ao menos, tinha uma ilha com um inviável farol, um barco que viria de lá onde habitam os anjonautas.

Ao avistar a praia de Matimati, comprovei como são nossos olhos que fazem o belo. Meu estado de paixão puxava um novo lustro àquela terra em ruínas. Aquelas visões, dias antes, já tinham estado em meus olhos. Porém, agora tudo me parecia mais cheio de cores, em assembleia de belezas. Desembarquei sem conhecer por onde começar a busca. Desta vez não havia tanta gente na praia. A multidão se tinha dispersado. Seria por consequência da ameaça das autoridades? Fui subindo por um caminhozito descalço, um trilho tão estreito que mesmo duas serpentes não podiam namorar. A vila era mais pequena do que parecia, suas casas estavam mais inteiras que as da minha terra. Havia, no entanto, excessivos refugiados. Dormiam nas ruas, nos passeios. Por todo o lado, se viam corpos estendidos, esteirados ao sol.

Eu circulava por ali, divagante, devagaroso. Como começar

para chegar ao filho de Farida? Procurar Irmã Lúcia? Não, ela pouco adiantaria. O menino saíra da Missão rumo aos matos. O melhor seria encontrar tia Euzinha, ela saberia das pistas que Gaspar rumara. Mas, Euzinha: onde seu atual paradeiro? Estaria entre aqueles deslocados da vila? Ou resistira no campo, na sua casinha-natal? Resolvi não resolver nada, deixar que a resposta acontecesse sozinha. Me restava um tempo. Farida prometera não abandonar o barco antes que eu trouxesse novidades de seu filho. Mesmo que viesse gente para resgatar o navio, mesmo assim ela aguardaria por mim. Trocámos jura contra jura.

A pequena vila se inclinava por uma barreira alta. Fui subindo a rua que se espreguiçava na colina, igual um penembe, esses lagartos compridões. Me protegiam sombras de acácias sossegadas. De repente, o susto: gritos de várias direções e feitios. Do alto da estrada uma cadeira de rodas avançava a erróneas velocidades. Sentado nela vinha um homem, em aflições, tentando endireitar não o veículo mas o caminho. Nisto, a cadeira viroteou no ar, o corpo do cadeireiro foi lançado pelo ar, no endereço de muitos metros. Ajudei o infeliz a levantar, recostar, limpar as poeiras. Me admirou ver que não era aleijado. Mais me surpreendeu quando reconheci seu rosto: era Antoninho, o ajudante da loja de Surendra! Ele também se espantou de me ver. Nos inquirimos de muitos comos e quandos.

— *Antoninho!? Onde está Surendra?*

— *Está na loja.*

— *Loja? Ele tem nova loja?*

Ele confirmou. Pedi que me levasse até lá. Mas primeiro, Antoninho tinha que devolver a cadeira de rodas. Fomos subindo a encosta, empurrando a cadeira. Antoninho me apontou um homem sentado sobre uma pedra que nos aguardava no topo da colina.

Eu me surpreendi: aquele era Assane, o ex-secretário do administrador, o tal que me contara a estória de Matimati.

— *Conhece-lhe? É o camarada Assane. Agora, ele é o novo sócio de Surendra. Também é o dono desta cadeira rodoviária.*

Enquanto subíamos, Antoninho me explicou: Assane alugava a cadeirinha para divertir o pessoal. Assim desarrascava uns dinheiros.

— *É a vida de agora!*

Quando saudei Assane, me impressionei. Da primeira vez, eu lhe vira em penumbra. Agora me surgia um homem grande, cabedaloso. Eu sabia a razão de seu corpo estar assim despernado. Mas vendo seu tamanho maiúsculo me dava ainda mais pena lhe ver assim perninulo.

— *Minha cadeira está boa?*, perguntou, dirigindo-se a Antoninho.

— *Está, camarada Assane. Veja: nem um arranhinho.*

Assane inspecionou o veículo. Depois, virando-se para mim:

— *Você, afinal, voltou?*

Antes que pudesse falar ele me perguntou se queria alugar a cadeira. Neguei. Disse-lhe que queria encontrar seu sócio, meu amigo Surendra Valá. Assane respondeu que o indiano vivia com ele em sua casa, num bairro quase distante. Disse-me que, à noitinha, passasse por lá.

— *E como sei onde o camarada mora?*

Antoninho, depois, me viria buscar à praia. O ajudante da loja me indicaria um caminho seguro, salvo das balas e dos bandos.

De noite, fiz assento pela praia, esperando Antoninho. Era o tempo das queimadas, se notava o musgo vermelho da lua.

Olhei o mar, os milibrilhos do luar me acendendo os olhos. O mar: porquê eu me achegava nele se, até então, suas águas só me ofereciam sofrimento? Talvez que ali, no meio de tão extensas securas, o mar fosse a fonte que trazia e levava todos meus sonhos.

Ao longo da areia se montoavam gentes. Fogueiras sucessivas luziam no rosto da escuridão. Se escutavam os tambores, sombras esvoavam como ondas na areia. Continuavam as cerimónias para provocar mais naufrágios. Se convocavam feitiços para que os barcos, carregados com donativos, tropeçassem a pique nas rochas da maré baixa. E ficassem esbarrigados, derramando caixotes e volumes pelos bancos de areia. Quem dera um oxalá àqueles pobres! Me olhavam com desconfios mas não me davam demais atenções. Lembrei meu pai, sua palavra sempre azeda: *agora, somos um povo de mendigos, nem temos onde cair vivos.* Era como se ainda escutasse:

— *Mas você, meu filho, não se meta a mudar os destinos.*

Afinal, eu contrariava suas mandanças. Fossem os naparamas, fosse o filho de Farida: eu não estava a deixar o tempo quieto. Talvez, quem sabe, cumprisse o que sempre fora: sonhador de lembranças, inventor de verdades. Um sonâmbulo passeando entre o fogo. Um sonâmbulo como a terra em que nascera. Ou como aquelas fogueiras por entre as quais eu abria caminho no areal.

Vozes em briga me trouxeram ao presente. Na praia pessoas se empurravam num círculo. Quando me aproximei, a roda se desfez, em respeito. Um pescador, aparente dono da situação, me perguntou:

— *Quer ver?*

— *É o quê?*

Um moço se chegou com uma lata na mão. Como eu não reagisse, ele sacolejou a lata, fazendo soar moedinhas. O pescador interveio:

— *Deixa, esse não paga nada. É convidado.*

Foi então que vi: deitada na areia havia uma mulher de pele muito clara, toda despida, cabelos compridos tapando o rosto. Perto dela havia um prato com peixe e uma lata com água. Viajando entre nuvens a lua me dava e tirava a visão, num gaguejo de olhos. A multidão se redondava num óóó. Ninguém não falava, só eu perguntei:

— *Quem é?*

O barqueiro me contou: acabara de encontrar aquela mulher, perdida, sem endereço nas ondas. Lutava para flutuar, os cabelos ondilhavam como algas. O pescador apanhou, limpou e cobriu aquele corpo moribundo. Ela agradeceu muitíssimo, o homem permaneceu calado. A afogada lhe sorriu as maiores gratidões, crendo que ele não soletrasse português. Ele trouxe-lhe para terra e lhe amarrou ali.

— *Não é todos dias que se apanha um peixe desses*, vangloriava-se o pescador.

Não pensasse ela que lhe enganava, tomasse o salvador por estúpido, rural do mar. Pois ele sabia muito bem como tirar a vantagem do achado. Lucraria era ele, espertalhoso, farto das misérias. E assim, a dita mulher foi posta em exibição para espantosos olhos que jamais viram semelhante criatura.

— *Não lhe vais soltar?*

— *Soltar? A gaja vai render altos tacos...*

Riu-se, espalhafarto. Passou a mão pela curva da barriga a adivinhar o sucesso. Mas depois sobrancelhou-se, preocupado. Fez-me sinal para me segredar. Pediu-me que convencesse a senhora a beber, comer aquilo que muito custara a arranjar. Mostrou-me a lata de água, um prato com peixe, migalhas de arroz. Aqueles restos eram motivo de muita inveja. E agora ela recusava ser servida. Talvez comigo fosse diferente. Ao menos que bebesse, diminuísse a sua fraqueza. Se ela morresse o negócio terminaria. Me cheguei à mulher, toquei suas costas curvas. A pele dela estava fria, escamosa. Demorou a erguer a cabeça. Quando os olhos dela me chegaram recuei em tais boquiaberturas, de abismaravilhado. Seu rosto parecia igual do avesso e do direito. Os cabelos espalhados em ramadas lhe roubavam o humano semblante. Havia, no entanto, qualquer coisa de familiar naquela mulher. Em algum lado eu já havia tocado conhecimento com ela. Quem seria? Onde lhe teria visto? E que palavras iria proferir a um ser tão abichado? Nada não falei. Aproximei o prato de suas mãos e, sem nada dizer, desviei as vistas.

Fugi dali, desandarilho. Sufocava, agoniado. A imagem daquela mulher me dava aperto. Molhei os pés, o frio me fez regressar a mim.

Fiquei sentado na berma da água até que um vulto se aproximou. Era Antoninho. Ao princípio, não trocámos palavra. Fomos por caminhos escuros, atalhos de atalhos. Depois, falei alto para que Antoninho me escutasse, lá na frente. Recordei

Assane negociando a sua cadeirinha de rodas. Para aquela gente aquilo era coisa mais que normal. Antoninho me confirmava, grato. Em terra de misérias um pequeno nada é olhado com muita inveja. E, afinal, se entende: um coxo faz inveja a um paralítico. Assane sabia as vistas que dava sua cadeirinha. *Ele só faz bem*, garantia Antoninho: *render o aparelho para todos, não beneficiar sozinho do bem ganhado.* E rematou:

— *Não esqueças, patrão. A riqueza é como o sal: só serve para temperar.*

Patrão. Aquele moço teimava em chamar-me assim. Em sua boca aquele termo surgia como ofensa, um cuspe azedo. Mostrava que, apesar de meus modos assimilados, eu pertencia à sua raça. Um dia iria pagar ter traído essa condição.

Quando bati à porta, Assane me deu as boas entradas. Apertou-me a mão com insuspeitas forças. São assim os braços de quem não pode dar um passo, de quem tem os pés em prematuro silêncio. Subtraído como estava, acanhado na cadeira de rodas, olhava os outros sempre de baixo.

— *Tome umas horas. Surendra ainda demora.*

Palavreámos, noite adentro. Assane me voltou a contar as suas infelicidades, maneira como havia sido traído pelo administrador. Que havia desvios, açambarcamentos dos donativos que chegavam, tudo isso era verdade. Nem Assane achava muito grave roubar o que era destinado aos esfaimados. Cada um se desenrasca, consoante os poderes, dizia ele. Mas a briga com o administrador era outra. Começara quando Assane se tinha oposto a uma ordem.

— *Era uma ordem de morte matada. Certa mulher devia desaparecer.*

— *Uma mulher?*, perguntei.

— *Era uma chamada Farida.*

Gelei mas fingi não mostrar interesse. Por que motivo teria sido ela condenada pelo administrador? Me ardia a curiosidade mas nada perguntei. Em outro momento eu chegaria àquela verdade. Mudei o assunto, procurei saber dos planos do aleijado.

— O que eu vou fazer agora? Vou montar negócio, ninguém sabe o futuro depois da guerra...

A loja estava já instalada, toda plena, mercadorias nas prateleiras. Faltava, no entanto, inaugurar. Convinha para ele ficar bem com o governo. As autoridades também pretendiam apagar as comprometedoras marcas no corpo do antigo secretário. O administrador estava convidado, era bom oficializar o estabelecimento às vistas do mundo. Assane só tinha uma arreliação: o ambiente não estava bom para os indianos. Havia agitação criada por certa gente graúda. Daí que a cerimónia de inauguração devesse ser vistosa, convites espalhados nas boas direções, conforme as táticas da convivência. Eu estava convidado também. Seria um bom momento para conhecer os locais. Respondi educadas evasivas. Eu estava ali de passagem. Meu destino era partir pelos matos, procurar Gasparzito. O anfitrião encolheu os braços a mostrar que a decisão me competia. Voltou a encher os copos. Assane era um garrafeiro, já vazara umas boas goladas, sem mais nem nada. Contudo, seu pensamento se mantinha escorrido. Justificou o excesso:

— No frio é que entorno mais. É que aqui faz frio, não sabia? Chega a dez graus, ainda por cima centígrados! E bebendo a gente sempre esquece...

— Precisamos esquecer quase tudo, não é? Agora, eu entendo bem os babalazes de meu pai.

— Preciso esquecer muito-muito são coisas que assisti na administração. Eu apanhei porrada que me matou as pernas. Mas antes de mim muitos foram chambocados sem nenhuma razão.

Ele rodava a cadeira, frente para trás. De quando em enquanto se escutavam tiros, rajadas de metralhadora. Já nem nos alarmávamos. Lá fora havia o matraquear da morte, lamentos de vidas que se apagavam. Para nós, porém, aquele ruído era já parte da paisagem. Ficava, contudo, um amargo escorrendo naquelas paredes. Nosso assunto se engasgou. Comentei sobre a eternidade que demorava a guerra. Assane discordou:

— Nem isto guerra nenhuma não é. Isto é alguma coisa que ainda não tem nome.

Se explicou: antes fosse uma guerra a sério. Se assim fosse teria feito crescer o exército. Mas uma guerra-fantasma faz crescer um exército-fantasma, salteado, desnorteado, temido por todos e mandado por ninguém. E nós próprios, indiscriminadas vítimas, nos íamos convertendo em fantasmas.

— *No fundo da latrina não pode haver guerra limpa.*

E reclamou como tudo aquilo lhe prejudicava os negócios: a desordem lhe impedia a loja, o florir de seus planos. Pediu-me que lhe guiasse pela casa, queria mostrar o que a guerra tinha feito aos seus domínios. Foi abrindo portas, apontando as muitas crianças, sobrinhos vindos do mato. Estavam misturados com caixas de cerveja, latas, plásticos, embrulhos.

— *Você sabe como é, a nossa família sempre é assim, maior que a humanidade. Como queria que eu não desviasse donativos que chegavam na administração?*

Abria e fechava as portas: em todo o lado se apinhavam crianças, todas sobrinhas, ranhosas, olhudas, miudinhas. Assane seguia à frente, exibindo as demais bocas com que tinha que repartir o pão. No quintal traseiro havia uma geleira, vinda do barco naufragado. Um moço trabalhava nela com martelo e escopro. Cortava a chapa da porta. Assane me explicou o motivo de tais mecânicas:

— *Está a adaptar a coisa. É que uma geleira, aqui, onde nem há eletricidade: é para fazer o quê? Agora, vai ficar uma cama para os mais novitos. Enchemos com palha, os miúdos dormem aí, faz conta é uma cama.*

— *E agora não se pode ir buscar mais coisas lá no tal barco?*

— *Não. Agora é muito proibido.*

— *E é porquê?*

— *Porque no barco está essa gaja, essa Farida. Essa mulher viu muita coisa. Ela não pode viver mais. O administrador está estudar maneira de lhe desaparecer.*

Passámos pelo quarto de Surendra. A porta meio-fechada deixava ver um lençol espalhado no chão. Naquele momento, me chegou o tal perfume da minha infância, os incensos da loja antiga. Assane comentou:

— *O monhé estava aqui só temporário. Não lhe posso manter aqui em minha casa. Isso me compromete politicamente.*

Eu empurrava a cadeira, com receio de não lhe saber deslocar suavemente. Quem sabe ele se ofenderia se eu esbarrasse, em descomando, pelas esquinas. Minhas mãos tinham o malvoroço de quando seguramos um recém-nascido. Assane notou minhas inseguranças. Pediu que me sentasse, apanhando um fresco sossegado.

— *Sente. Quero falar alguma coisa. Você é amigo de Surendra, já vi. Mas esse monhé não está bom da cabeça, o gajo não bate cem. É bom você se prevenir.*

E continuou: *esse gajo anda com pensamentos aéreos, mais distraído que a lua. Parece está aqui enquanto nem. No princípio eu me juntei com ele neste negócio. Ele é que tinha os tacos mas era preciso um nacional para ficar à frente do estabelecimento.*

— *Nós, originários, devemos assumir as propriedades, não é assim mesmo?*

Enquanto a conversa lhe crescia mais veias lhe nasciam no pescoço. Confessou, com raiva:

— *Eu não gramo esses gajos, monhés. Nem sei como você pode ser amigo desse Surendra.*

Eu podia responder que este indiano era diferente. Mas fiquei calado. Que sabia eu dos outros indianos? Afinal, o que eu conhecia, o único, era Surendra Valá. Não me defendi. Ao contrário, devolvi outra pergunta:

— *Porquê eu não posso ser amigo de monhé? E você? Será que pode ser sócio de um monhé?*

— *Eh pá, espera lá! O gajo é que domina os tacos. É só isso. Depois de um tempo, eu nacionalizo tudo. Para o ano que vem, eu privo tudo. Chuto o baniane no rabo.*

Riu-se, satisfeito com seus instintos. Prometera sociedade com Surendra. Mas no atual presente o prometido é de vidro. E ele repetia, satisfeito: *privo tudo!* Gargalhava em bom barulho. Talvez que minha cara revelasse desgosto. Fosse por isso, Assane desviou a matéria da conversa. Me chamou mais perto e murmurou:

— *Tenho um segredo, meu irmão. Jura não divulga!*

— *Juro.*

— *Jure dois mil pecados!*

Voltei a jurar. Então, ele me pediu que lhe conduzisse a um arbustal cerrado, nas imediações do quintal.

— *É aqui! Veja-me lá essa maravilha!*

Oculto entre os arbustos jazia um enorme tanque militar. O blindado estava meio destruído, sem rodas. Assentava os flancos na areia, guerreiro em convalescença.

— *Este blindado é meu irmão, nem eu nem ele não funcionamos das pernas.*

O que fazia ali aquele veículo mortal? Assane respondeu com tons vagos, sugerindo que, nos dias de hoje, todo o incrível se torna frequente. Repeti a dúvida: por que razão o monstro de metal era ali escondido?

— *Vai lá ver. Com seus olhos, veja o atual serviço desse bicho.*

No piso de areia, a cadeira não se movia. Fui sozinho, resolver minha curiosidade. Dentro do blindado chegavam pios e cacarejos. As cacas em volta manchavam o cheiro da terra. Espreitei dentro: dezenas de galinhas me olharam, em estúpida surpresa. O tanque era uma capoeira, lugar de produção. Assane, vaidoso, pontuava:

— *É meu biznés, esse. Ninguém suspeita, ninguém pode imaginar, ninguém pode roubar. Se falhar a loja, já tenho outra garantia.*

Aquele era o investimento dos dinheiros acumulados durante a vigência do seu lugar na administração. Outros pensariam que era resultado do aluguer da cadeirinha, seu recente expediente. Se valia do aluguer desde que, em troca de silêncio, convencera o administrador a desviar uma cadeira do armazém dos donativos. Mas o homem mantinha um pé em cada margem: ao mesmo tempo que abria a loja, mantinha a capoeira.

— *Nunca se sabe!*

Voltámos a casa, e de novo se deu andamento aos copos. Assane ultrapassava o risco. Voltei a perguntar por Surendra, o tempo já estava muito escorrido. *Surendra*, respondeu Assane, *foi fazer um serviço, já volta.* Eu notei uma sombra na resposta dele.

— *Esse monhé, cabrão, ainda lhe lixam antes de eu sacar vantagem do meu negócio...*

Quis entender melhor o que dizia. Ele se esticou na cadeira e me lembrou da oficial política do governo. Não havia racismo, nenhuma discriminação. Até ministros indianos havia. Contudo, havia aqueles que estavam descontentes. Queriam fechar porta aos asiáticos, autorizar os acessos do comércio apenas aos negros. Assane desfiou politiquices, deixei de lhe escutar. Surendra já me havia falado desse perigo. Pagaria por todos de sua raça, pelos erros e pela ambição dos outros indianos. Seria preciso esperar séculos para que cada homem fosse visto sem o peso da sua raça. Assane prosseguia, lengalengando:

— *Não é só o monhé que vai passar mal. Também você se cuida. Você veio de fora, é um tribal, ninguém conhece seu motivo de viagem. Já lhe tinha dito naquele dia na praia. Você é teimoso, não se queixa depois...*

E concluiu: *aqui já não há quem mande!* Esse era o seu medo. Qualquer um podia tomar comando, fazer e desfazer, sem apelo nem despeito. *Depois, a quem nos podemos queixar? Os chefes aqui andam de ombros tão elevados que já não escutam o bater do coração. Eu já lhes conheço: nunca lhes vi em nenhuma bicha, sempre se abastecem de esquemas, porta dos cavalos.* O que aborrecia Assane não era um princípio mas o já não poder continuar a usufruir das vantagens. Os grandes, no passado da tradição, haviam sempre distribuído benefícios pelos pequenos. Só agora os poderosos estavam cegos para o alheio sofrimento.

Sugeri um outro motivo de conversa, menos gravoso: mulheres. Era uma maneira de chegar direto ao tema de Farida, conhecer segredos que o aleijado escondia.

— *E como estamos de mulheres aqui em Matimati?*

Pensei na jura que fizera a Farida. Mas eu não podia respeitar o seu pedido de nunca ser mencionada. Precisava saber mais. Adiantei:

— *Mas essa mulher, essa tal Farida...*

Assane sorriu, malandro. Esfregou as palmas das mãos nas coxas como se consolasse da sua desvalia. Confortava as pernas que agora sustentavam sua solidão.

— *Essa mulher é muito puta. Mas é uma puta muito, muito...*

Não encontrava adjetivo. Só em seus olhos luzia um brilho, esses que só a saudade acende. Divagou sobre mulheres que ele dividia em mais e menos putas. Mas nada adiantava sobre Farida. Sua língua se prendia nos vapores de álcool que lhe chegavam de dentro dele mesmo. Eu já não dava ouvidos, naquela conversa aguada. Bateram à porta, era Antoninho. Trazia Surendra com ele. Ficaram parados à porta, pareciam fantasmas.

— *Surendra!*, chamei enquanto me levantava.

Contudo, o indiano pareceu nem me ver. Estava diferente, os cabelos pretos caindo em desmazelo sobre a testa. Magrecera, o corpo lhe fugia dentro da roupa. Devia ter vindo pela praia, as calças estavam molhadas. Antoninho interrompeu o momento, falando atrapalhoadamente:

— *Camaradas patrões: nem imaginam o que ele fez!*

Apontava Surendra como se este inexistisse. Assane se irritou e pediu que fosse dado o imediato relatório. Antoninho contou o que passara: Surendra tinha saído para a praia, depois do almoço. Levou a esposa junto com ele. Depois, juntou uns paus e improvisou uma jangada. Assma, a seu lado, canta-encantava qualquer coisa, parecia era um desconcerto de ruídos. Ao fim da tarde, já o indiano tinha completado sua improvisada obra. Deitou a jangada no mar, colocou nela Assma. Foi entrando, ondas adentro e, quando já não pousava o pé no fundo, longamente beijou a esposa na testa. Depois, apontou a jangada numa escolhida direção e lhe deu um empurrão com força. Ficou acenando uma despedida:

— *Vai, Assma! Volta na sua terra!*

Assane interrompeu o relato. Perguntou a Surendra se era verdade. Meu velho amigo nem pareceu ouvir. Sentara-se sobre um caixote, mãos impecáveis sobre os joelhos. Seus olhos buscavam uma outra margem do mundo. Eu me levantei, sentindo que minhas pernas me falhavam. Afinal, era Assma a mulher que eu vira! Me abaixei junto de Surendra e lhe dei as mãos:

— *Surendra, eu vi Assma. Ela está viva, um pescador lhe apanhou. Venha comigo, vamos buscar Assmita.*

Minha voz tremia de raiva. Eu não me perdoava não ter reconhecido Assma, não lhe ter arrancado daquele sofrimento. Assane, então, desatou-se aos berros:

— *Antoninho, me tira dessa merda de cadeira. Vamos lá, vamos pegar essa pobre mulher. Você fica, Kindzu.*

Antoninho ajudou Assane a sair dali, passou o braço pela cintura do outro e os dois se arrastaram pela noite. Fiquei só com Surendra. Durante aquele tempo o indiano não se movera. Parecia viver uma daquelas ausências que sua mulher experimentava na loja, escutando os radiofónicos ruídos que mentiam sobre a Índia.

— *Surendra: eu vou ajudar Assma. Você vem?*

Nem pestanejou. Deixei-lhe assim, entretido com os seus nadas. Na praia, rapidamente encontrei Assane e Antoninho. Afinal, eles tinham chegado a tempo de encontrar Assma viva. Assane ordenou que sua cadeira de rodas fosse trazida para carregar a acidentada. E foi assim, sentada na cadeirinha de Assane, que ela foi levada para o posto de saúde. Eu ajudava o aleijado a se arrastar enquanto, à volta, se juntava um cortejo de muitos curiosos. A indiana ficou no posto, baixada, sem dar acordo.

Depois daquela noite, fiquei alojado em casa de Assane, dormindo na cama de Assma. Surendra se deitava num colchão ao lado, sempre estatuado, inerte. Destinei os dias que ali fiquei a tentar trazer Surendra de volta à consciência. Eu sentia uma grande dívida para com ele, minha infância se abrira em mil horizontes foi na loja dele. Pouco consegui. Valá permanecia em si, clausurado em tristeza. Mesmo assim, todas as tardes, antes de sair para visitar Assma eu lhe perguntava:

— *Vou visitar sua mulher. Não quer vir?*

— *Assma está quase chegar na Índia*, me respondia.

A pobre indiana melhorou. Eu mesmo lhe trouxe de regresso a casa. Instalei a senhora numa velha poltrona. Ali ficou.

Surendra não quis que ela voltasse ao quarto. Assane se revelou, então, no estranho entrechocar dos sentimentos. Tratava dela com carinho, lhe guardava a melhor parte da comida. Servia-lhe a sopa na boca com uma colher. Conforme Assma se restabelecia, Assane lhe encomendava pequenos serviços na capoeira, se via que era só coisa de convalescer a ideia dela.

Uma noite eu despertei todo transpirado. Meu coração batia em tempestade. Eu escutava a canção de embalar de minha mãe! A melodia vinha de fora, em irreal verdade. Saí embrulhado no lençol. Agora, já não tinha dúvidas. Eram os embalos com que eu e meus irmãos tínhamos sido adormecidos. A canção chegava do tanque militar. Me aproximei, cauteloso. Quando cheguei à capoeira se instalou o total silêncio. Vislumbrei então um enorme galo. O bicho me fitou surpreso. O olhar dele quase me fez cair. Aqueles olhos eram de uma tristeza que eu já conhecera.

— *Junhito!*

O galo entortou a cabeça, duvidando-me. Cócóricou, esgravatando o chão, em exibição de mandos. Agora, ele semelhava um real bicho, ave de nascimento e vocação.

Não podia ser Junhito, meu irmão. Mesmo assim, me deixei ficar, olhando no relento, parado, nidificável. Me rebateu um remorso fundo. Eu havia esquecido meu mano. Estava dedicado a procurar Gaspar, um estranho. Mas abandonara a lembrança de Junhito. Que irmãodade exercia eu, afinal? Ainda esperei resposta vinda dos aléns, descesse o espírito de meu velho nem que fosse para me dar castigo. O tempo passou, em desfile de cigarra. Depois, desisti-me. Me cheguei junto do galo em quase despedida. Então, outra vez, aqueles olhos se mostraram humanos, capazes de lágrimas. Meus dedos passaram entre a rede e lhe acariciei as asas. Posso jurar ter ouvido, nas minhas costas, o embalo da minha infância.

Nunca mais voltei à capoeira. Me convenci que aquele encontro tinha sido uma ilusão, excesso de minha fantasia. Junhito estava falecido, perdido nos lugares que eu deixara. Era isso que eu repetia todas manhãs, quem sabe em limpeza da consciência?

Naqueles dias, eu despertava mais cedo que o sol. Da minha janela via mulheres plantando milho perto da estrada. Insistiam em todo o lado, mesmo onde nem pedra dá semente. Perdiam horas naquela luta inválida. Tal como minha mãe elas acreditavam que um ventre morto pode dar à luz. Dali, do meu quarto eu alcançava toda a estrada de areia até a uma praça. Era uma praça quieta, lembrando o estuário de um pequenito riacho. No centro se erguia uma estátua. Era um monumento aos heróis da Independência. A estátua tinha sido levantada a substituir uma outra, antiga, de política avessa, gloriando os coloniais guerreiros. Derrubaram-na no dia da Independência, quebraram a pedra em mil pedrinhas. E edificaram uma outra, disseram que provisória, mas que ainda durava. Estava suja, coberta de pó, com lixos ao redor. Ninguém parecia lhe dedicar grande respeito. Exceto uma mulher que ali se postava, horas a fio. Eu olhava essa mulher, vestida de negro, e acreditava tratar-se de uma viúva.

Foi Assane quem me desvendou a senhora:

— *Aquela é esposa do administrador.*

Uma tarde, ao regressar a casa, cruzei-me com ela junto à praça. Me aproximei. E me coloquei, peito em respeito, como se me declinasse frente ao monumento. A mulher permaneceu alheia, uma ruga se redigia na sua fronte. Por instante, me pareceu que chorava. Mais perto, vi que não. Cantava. Entoava uma canção que eu conhecia, dessas da luta armada de libertação.

Ali ficou, mais grave que oração. Uma vontade me levava para ela, eu queria conhecer a sua tristeza. E havia naquele corpo uma viuvez prematura que não provinha de morte falecida mas de desatento abandono de si. No momento me ocorreu colher flores selvagens e colocar nos pés do monumento. Só então a mulher ergueu os olhos, uns enormíssimos olhos que eu já havia visto em algum lado. Me contemplou um infinito. Depois voltou a entrar no negro de suas vestes, no abismo de seu silêncio. Acabei me retirando, intrigado. Em mim teimava a presença daquela mulher.

Na manhã da inauguração me vesti, condizente. Escolhi

entre as roupas de Surendra um fato apropriado. Tínhamos o mesmo corpo, felizmente. A loja de Assane e Surendra ficava numa esquina da rua principal, logo ao virar do primeiro sol. Tinha sido, em tempos coloniais, a cantina de Romão Pinto. Ficara desocupada desde que o português falecera. Os novos proprietários tinham-se esforçado nas limpezas, pinturas e arrumos. A loja estava cheia de aspecto e os comentários na rua pisavam nas admirações. Os curiosos repletavam os passeios. Excediam eram os maltrapilheiros, bêbados e esfomeados. O administrador chegou era quase meio-dia. Vinha acompanhado de sua esposa, Carolinda. Atrás vinham os guarda-costas. As individualidades se guardaram na sombra para escutarem os longos discursos. Carolinda do lugar onde estava me dedicou suas vistas. Seus olhos estavam cheios de sombra, nem me segurei em meu assento. Fui para lugar onde aquela mulher pudesse ser vista mas não me conseguisse ver. Assane usou da palavra, envergando um fato encharcado de suores. Fazia os mais possíveis para deixar Surendra em plano de traseiras. Eu seguia a cena de longe, atento no indiano. Ele se guardava imóvel, quase estatuado, fosse o único a estar no devido lugar. Surendra parecia subordinado. Contudo, não vergava aos grandes. O que se passava ali era, afinal, uma imitação daquilo que num desconhecido lugar seria verdade. Assma, a seu lado, punha um sorriso incapaz. Quem sabe ela visse outro cenário para além daquele ali, um cenário indiano em que nós, africanos, seríamos os mais estrangeiros?

Tudo decorria em longas calmarias quando, de repente, entre as poeiras bravias se animou um ruído de gente desordeira. Era um grupo de homens fardados que avançava pronto a armar um inferno. De imediato, o administrador se retirou do lugar, protegido pelos privados guardas. Carolinda se retirou mais digna que seu marido que fugia a olhos vistos. A roda das gentes se desfez enquanto a pandilha atravessava a ruela. Um dos desastreiros puxou de uma pistola e disparou sobre a multidão. Foi a desvairação. Mais tiros se sucederam, gritos, nuvens, a gente catando os capins para descobrir um urgente esconderijo. Eu acorri para as traseiras da loja, escorreguei num charco. Fiquei ali, cabeça enfiada no chão. Cheirava a mijo, aquilo deveria de ser uma latrina. Eu estava encharcado era de medo, nem me lembrei do nojo. Permaneci ali, rezando para que aquela guerra não chegasse às traseiras. Da rua continuavam chegando as desavenções.

— *Matem-me esse muenhé*, eram os gritos do mandador dos assaltantes.

De repente, vi as chamas. A casa se alastrava em fogo, os fumos já me faziam tossir. Eu não queria sair correndo, com medo de ser emboscado no terreno aberto. Então, de entre a enchameação, saiu Antoninho carregando o comerciante indiano, em quase de rastos. O atarantado Surendra nem se dava conta de quantos pés fazem um passo. Antoninho babava das unhas para suportar aquele arrasto. Ajudei a que Surendra saísse do alcance do incêndio.

— *E Assma?*, perguntei.

O moço se encolheu, pintando uma carantonha desvalida. Corri a uma janela a ver se vislumbrava a desgraçada. Ao me chegar os vidros estouraram, cortantes pedacinhos esvoaram. Me agachei em ilegítima defesa. Voltei à janela e espreitei: o fogo já se tinha todo espalhado, o chão se calçara de chamas.

Gritei por ela, nem eu escutava a minha voz. O fogo é um exclusivo dono, o exuberrante macho. Ficámos ali até o incêndio se render. Só então nos olhámos, reais. Surendra conservava aquela distância de tudo, parecia nada ter sucedido. Seria que se inteirara do que sucedera com sua mulher?

— *Surendra: você viu, Assma... ninguém pôde fazer nenhuma coisa...*

Ficou cabisbaixo, emudecido. Entendera? Nem tive tempo de certificar. Assane chegava, se arrastando na cadeira. Se aproximou e, para minha surpresa, passou um braço sincero sobre as costas do indiano. Não era gesto de sócio mas de amigo. Deixei os dois, entregues à tristeza.

No caminho para casa tropecei num homem dormindo no passeio. Numa mão segurava uma corda comprida. Mais perto vi que tinha os olhos abertos. Estaria possivelmente bêbado? Ou carecia de ajuda, doente de nem poder chegar ao corpo? Não parei. A casa de Assane era ali bem perto. Prossegui caminho, vagaroso como o calor quente que fazia. Chegado a casa, fui à janela de meu quartinho para atentar no corpo do homem em que antes tropeçara. Lá estava deitado, em comprida sesta sobre o passeio. Me decidi a voltar lá, levar um naco de água ao desgraçado. Já saía quando um dos sobrinhos de Assane me travou o gesto:

— *Esse homem está morto, tio.*

Espreitei o corpo na distância. Realmente, o homem estava escurecido, dessa cor estagnada dos machongos. E a corda, parada em sua mão, o que seria? O mesmo miúdo me contou: o homem estava a fazer uma corda para se enforcar. Dia e noite enrolava o sisal sem nunca terminar a obra. Já o inutensílio tinha o comprimento de uma porção de metros. Não chegou a usar, não se pendurou. Faleceu assim mesmo, razões de dentro. A morte, afinal, é uma corda que nos amarra as veias. O nó está lá desde que nascemos. O tempo vai esticando as pontas da corda, nos estancando pouco a pouco.

O morto ali ficou, na berma da estrada todo o dia. Na manhã seguinte ainda estava no mesmo lugar, louvado pela moscaria. Vendo bem, o cadáver descuidado no passeio não descondizia com tudo resto. Simbolizava aquilo que a vila se tinha tornado: uma imensa casa mortuária. Ao meio-dia um grupo de soldados veio remover o corpo. Arrastou-lhe pelos pés, ao longo da estrada. Aquele era o funeral que cabia ao anónimo desvalido: poeirando pela rua, as moscas zunzinando, contratadas carpideiras dos ninguéns.

Fiquei a ver os soldados se afastando entre as casas demolidas. O ar estava carregado, ensopado. Ao olhar o fúnebre cortejo, desaparecendo entre os escombros, me veio o pensamento: nós, que nascêramos naquele tempo, éramos os últimos viventes. Depois de nós já não havia mundo para receber mais ninguém.

Sétimo capítulo

MÃOS SONHANDO MULHERES

A CHUVA TIMBILAVA NO TETO DO MACHIMBOMBO. Os dedos molhados do céu se entretinham naquele tin-tin-tilar. Tuahir está embrulhado numa capulana. Olha o miúdo que está deitado, de olhos abertos, em sincero sonho.

— *Charra, faz frio. Agora, nem se pode fazer uma fogueira, a lenha toda está molhada. Você me anda a ouvir, miúdo?*

Muidinga continuava absorto. Segundo a tradição, ele se devia alegrar: a chuva era um bom prenúncio, sinal de bons tempos batendo à porta do destino.

— *Te falta é uma mulher*, disse o velho. *Estiveste a ler sobre essa mulher, a tal Farida. Devia ser bonita, a gaja.*

As mulheres, em instante, ficaram tema. *Mulheres é bom quando não há amor*, disse. *Porque o amor é esquivadiço. A gente lhe monta casa, ele nasce no quintal. Vale a pena uma puta, miúdo. Gastamos o bolso, não o peito. Numa puta não pomos nunca o coração.* E prossegue:

— *Você, miúdo, não conhece meu caso com Jorgina?*

Então, o velho relata seu encontro com Jorgina, mulher que merecera suas eternas promessas. Ela parecia burrinha, metida em ideia só por biscate. *Assim se querem as tipas*, adianta Tuahir, *que é para não avançarem fora dos serviços que Deus lhes confiou.*

— *Me enganei dessa mulher, Muidinga.*

Afinal, ela era uma dessas de joelhos arregaçados, capaz de cair em esteira alheia mais fácil que o milho se ajoelhar no pilão. Tuahir sofrera, a voz ainda lhe nuventa com a lembrança.

— *Agora vivo de cor e salteado.*

Tuahir salivava as sílabas, sofrendo dessa indigestão de nada não comer desde há dias. Contempla o miúdo, lhe adivinha a idade de começar namoros. E sorri recordando a cena das velhas violentando o rapaz. O rapaz merecia outras iniciações.

— *Espera, miúdo. Deixa eu sentar perto.*

Se arruma na beira no assento de Muidinga. Mete a mão entre as virilhas do rapaz. Aos poucos lhe vai desapertando a breguilha.

— *Agora pensa nas meninas.*

— *Tio! Não faça isso...*

— *Não experimenta me negar, ainda lhe despacho umas porradas. Vá, faça como te digo.*

— *Mas, tio: assim eu não consigo...*

— *É por causa você está pensar só com a cabeça. Pensa com todo corpo!*

— *Não vai dar, tio.*

— *Com certeza você está pensar Maria Bofe, aquela lá do campo. Essa nem tem tatuagem, pele dela é lisa como um homem. Pensa Joaquinha, pensa Tinita. Essas têm as próprias tatuagens, você toca a barriga delas e sente parece é uma casca.*

— *Não é questão de pele, nem tatuagem. É que não dá, assim de pensamento.*

— *É motivo da pele, eu sei. Você já viu peixe sem escama? Peixe sempre leva escama. Sem tatuagem a mulher que está na pessoa não acorda. Está ver, você agora? Só de falar o assunto você já está a acordar. Vá, continua, rapaz, eu lhe ajudo. Faz conta minha mão é Joaquinha.*

Os dois adormecem, encostados. Despertam sentados, na mesma posição com que tinham adormecido. Com a chegada da noite a chuva tinha parado. A terra soltava ainda o seu perfume doce. Por baixo do canhoeiro, eles se levantam em alegre disposição. Sem compreenderem o motivo eles cantam em desafio. Depois, dançam, batucando nas latas. Parecem tontos.

— *Mas nós bebemos, tio?*

— *Isso é bebida que estava dentro do sangue há muito tempo. Nos tempos, eu bebi tantíssimo.*

E explica as urgências de beber: a urina, lá onde ela morava, dentro do corpo, lhe aquecia muito. Chegava de lhe queimar, quase a ferver. O remédio era beber, meter líquido para arrefecer aquelas águas interiores. Os dois se riem da explicação, gargalham a peitos abertos. De repente, Muidinga se inquieta:

— *Não é perigoso barulharmos assim?*

— *Se rir muito alto você afasta os maus espíritos.*

O velho retoma dançando. Muidinga já não o acompanha. Encosta-se numa árvore. O velho olha-o admirado.

— *Ria, miúdo. Rindo as alegrias acontecem.*

Depois, também Tuahir abandona as danças. Desaba-se, desistido. Senta-se, abanando a cabeça.

— *Você tem razão, miúdo: cada vez vamos chamar atenções.*

Ficam por um enquanto a respirar tristezas, o cacimbo se adensava. O miúdo, então, lhe pergunta: por que razão ele nunca consegue lembrar antigas recordações? Porquê o antigamente, todo o tempo anterior à doença lhe estava impedido, mais coberto de cacimbo que os terrenos em volta?

— *Aprendi tudo de novidade: andar, falar. Meus olhos se lembram das leituras, meus dedos não esqueceram as letras. Mas eu não sei lembrar nada do meu passado. Porquê, tio?*

Tuahir lhe diz a verdade. O miúdo tinha sido levado ao feiticeiro. O velho lhe pedira para que tudo fosse retirado da cabeça dele.

— *Pedi isso por causa é melhor não ter lembrança deste tempo que passou. Ainda tiveste sorte com a doença. Pudeste esquecer tudo. Enquanto eu não, carrego esse peso...*

Tuahir havia entendido: os escritos de Kindzu traziam ao jovem uma memória emprestada sobre esses impossíveis dias. Ao menos ele acreditasse tudo aquilo ser fantasia, estoriazinha que se conta para fazer de conta.

— *Sabe, miúdo, o que vamos fazer? Você me vai ler mais desses escritos.*

— *Mas ler agora, com esse escuro?*

— *Acendes o fogo lá fora.*

— *Mas, com a chuva, a lenha toda se molhou.*

— Então vamos acender o fogo dentro do machimbombo. Juntamos coisa de arder lá mesmo.

— Podemos, tio? Não há problema?

— Problema é deixar este escuro entrar na cabeça da gente. Não podemos dançar nem rir. Então vamos para dentro desses cadernos. Lá podemos cantar, divertir.

Sétimo caderno de Kindzu

UM GUIA EMBRIAGADO

JÁ ME CANSAVAM AQUELES DIAS EM CASA DE ASSANE. Que esperava? Nem Surendra nem Assane me podiam ajudar a procurar Gaspar, o perdido filho de Farida. Se lhes pedia conselho eles recolhiam os ombros, incapazes de responder. Para eles meu assunto era coisa estranha, de um outro mundo.

Nesse entrequando, eles me certificaram que a aldeia de Euzinha havia sido atacada e ninguém nela mais residia. Euzinha devia agora estar no campo de deslocados. Lá, com toda a certeza, residia agora a mulher que sabia do destino de Gaspar. Porém, como chegar até ela? Os matos eram demasiado mortais. Ninguém aceitaria me acompanhar. Antoninho, o ajudante da loja, ao cabo de muita saliva, disse conhecer alguém que poderia me conduzir pelos aforas. Deveríamos ir ao bar, lá se encontrava o desditoso cujo.

Essa noite eu e Antoninho fomos ao bar. Entrei e me deixei no balcão, escutando as vozes distantes dos presentes, quase todos embriagados. Muitos aproveitavam as duas horas de eletricidade que o gerador da administração distribuía pelo povoado. E se agremiavam na cervejaria, a juntar conversa, amolecendo fraquezas em voz alta. Mais que os outros todos, dois homens se discutiam. Antoninho identificou os tais. Um gordo, enormão, balalaica carecendo de botões. Sendo chamado de Abacar Ruisonho. O outro, denominado Quintino Massua, homem nervoso, tão magro que uma ideia, só de ter peso, lhe fazia transpirar. Pois este Quintino levantava o copo e celebrava as boas graças:

— *Vou ficar rico, cheio da mola.*

Os presentes se riam, sem dar outro crédito que não fosse o de brincriação. E erguiam os copos, festejosos. Antoninho me segredou, em rápida pincelada, o retrato de Abacar Ruisonho. O homem era o chefe dos serviços de segurança, vacilando entre o ruim e o perdoável. Pois ele chegava onde quer que não fosse, abanava um cartão, nomeado que estava para intimar, intimidar e lavrar em ata. Seu permanente serviço era contar os viventes, conhecer quantos deslocados chegavam do campo. Passava o dia de esquina em esguelha, numerando: um, dois, por aí avinte... Empilhavam-se os números, baralhavam-se as pessoas. E recomeçava a contagem. Às vezes, rebentavam-lhe as fúrias: que esta gente nunca está quieta, grande porra! Uma coisa era certa: o gordo nem mau seria. Pelo menos, o magro Quintino não se amedrontava com o gordo Abacar. O magricelas se declarava, de juramentos para cima:

— *Estou a dizer: amanhã sou eu que vou distribuir favores. É bom vocês ficarem em concordâncias comigo. Quem estiver contra mim não vai cheirar quinhenta.*

Todos se descuidavam da verdade, migrados no fumo daquele bar, longe da vida real. E aclamavam no atual pobre o futuro falso rico. Se queria era engordar a fantasia. Fazia-se a festa sem nenhum ingrediente que não fosse a miséria de entrar num copo e afogar tristezas.

O único que não encontrava graça era o gordo Abacar. Sério como uma segunda-feira, reprovava as proclamações de Quintino Massua.

— *São bebedeiras politicamente incorretas.*

Nesse momento, entrou no bar um homem estranho, pendurando uma pistola no vasto cinto. Ao sentir a presença do cujo, os presentes se entrelinharam, caladinhos, metidos com seus líquidos assuntos. Perguntei a Antoninho quem era o chegado.

— *Esse é o Shetani. É melhor a gente se emborar.*

O silêncio se instalou no bar. Contudo, naquele momento, Quintino Massua se desimportou, alheio aos perigos. Para comprovações, subiu numa cadeira e proclamou-se autor de feitos muito comentados em toda a vila:

— *Aquelas notas de dinheiro que apareceram na praia: quem foi que rasgou-lhes? Eu mesmo, próprio Quintino.*

O gordo Abacar ruminou cerveja, empapou argumento. Os presentes deixaram as graças e se abotoaram consigo mesmos. Antoninho me puxou pelo braço insistindo que deveríamos ir embora:

— *Por favor de Deus, vamos para casa!*

A brincadeira resvalava nos perigos, o assunto das notas era matéria de muito-o-quê. Shetani já comichava a mão sobre o cinto, deitando um nervo sobre a pistolenta. Mas o magrinho Quintino, discursador, prosseguia:

— *Vejam motivo do sofrimento de hoje. É porquê?*

Virando-se para mim me perguntou se eu sabia o real motivo dos cajueiros não florirem. Abacar me falou, tentando me tranquilizar:

— *Não ligue. Isto é atraso, ignorância bravia. Vale a pena insistir? Vale a pena esclarecer esta gente? Eu sempre acho que sim. Do menos o mal: afinal, grão a grão o papa se enche de galinhas.*

Hospitaleiro, o volumoso Abacar me ofereceu um espaço no balcão, a seu lado. Enquanto bebia, desembolsava mais ditados:

— *No papar é que está o ganho!*

O homem aproximou-me o bafo. Pensei que, postos os modos de confidência, fosse falar em sussurro. Mas usou o mesmo tom de xipalapala entupido:

— *Vou-lhe confessar: me irrita esse Quintino é só por gosto que tenho nele. O gajo não compreende que eu lhe quero proteger. Quando lhe trato assim, faz conta um doentio, é para esses grandes pensarem ele é tonto, suas palavras são sempre de tira-e-põe. Você sabe: em terra de cego quem tem um olho fica sem ele.*

Súbito, uma enorme explosão estrondeou. A luz sacudiu-se, por segundos, depois desfaleceu. No escuro, calados, aguardámos nova explosão. Apenas uma voz se fez ouvir:

— *Cabrões, foi aqui mesmo!*

Quem estaria disparando? O exército ou os bandos? Contra quem estariam disparando? Alguém riscou um fósforo, uma vela se acendeu no balcão. Depois, vários xipefos se iluminaram e foram distribuídos pelas mesas. Quintino foi o primeiro a voltar às falas, retomador da folia.

— *Você, então? Nada se fala?*

O homem se aproximou de mim, eu já estava sem remédio: metido na disputa. Mais queria ficar de fora, alheio à conversa perfurada, mais eu estava com o pescoço dentro dela. Nervoso, o homem me empastou com seu hálito:

— *Você estrangeiro, escuta. Nesta terra se passam muitas merdas, todos têm medo de falar. Eu sei quem está a matar aqui. Não são só os bandos. Há outros, também.*

Os bebedeiros se encolheram: as palavras de Quintino soaram como a explosão de há pouco. Quintino insistia: há coisas que todos sabem mas ninguém diz.

— *Agora, em Moçambique, a guerra é como se fosse uma machamba.*

E se explicou: a guerra gerava altos tacos, cada um semeava uma guerra particular. Cada um punha as vidas dos outros a render. Aquele silêncio estava agora demasiado mortal. Se escutou, então, a voz rosnante de Shetani:

— *Esse gajo tem os dias descontados!*

Quintino prosseguiu destemeroso, ignorando a presença do antigo combatente:

— *É por isso essa guerra não acaba nunca mais. É assim, exatamesmo. Este Abacar também sabe, só não fala porque é um merda, filho de uma diarreia.*

Aquilo era a gota transbordando. Abacar ficou calado, marsupial. Nem eu notara que estivesse tão bebido. O excesso de álcool lhe dava uma aparência compenetrada. Bambavam-lhe as pernas, a barriga toda de fora, parêntesis curvo do peso. De repente, porém, arremessou a mão fechada contra a cara de Quintino que caiu, instantâneo, em ruidoso chapinhar. Ficou ali, todo inerte, esmãozinhado. Em volta, um círculo de vozes lhe chamava:

— *Quintino, acorde!*

Não respondia coisa nem coisa. Seria que ele, pessoalmente, tinha morrido? Perguntei, de inocente. Em redor, os outros se mancharam a rir. Eu não me afligisse, aquilo era muito costumeiro: o magrito acabava sempre assim as noites, no encosto do chão. Abacar se chegou até mim, amaciando os nós dos dedos.

— *Tive que lhe arrear. Não tenho gosto de bater. É só para calar o gajo.*

Foi então que, naquela penumbra ponteada de lamparinas, surgiu uma mulher acompanhada de um cão de dimensões. Antoninho me sussurrou: aquela era Juliana Bastiana, a prostituta cega. Olhei a dita enquanto o silêncio regressava àquele lugar fumarento. Shetani chamou Abacar e disse-lhe qualquer coisa ao ouvido. Os dois se riram, alto e mau som. A cega abria caminho entre as mesas. A mão dela, ao de leve, tocava o dorso do animal: assim se guiava.

— *Estou ouvir o cheiro de um homem de fora. Quem sabe me trazem notícia do meu brigadeiro...*

Suspirava saudades que nem convinham a uma mulher sabida e cursada em contrabandalheiras. Seu modo de ser cega fazia que não parecesse uma dessas trampalhonas, virabazucas. Ela se chegou, me cheirou. A saia dela se apertava no corpo, o rabo quase nem devia respirar.

— *Não tenhas medo do cão. Ele é mais bondoso que muitos desses*, disse apontando para a multidão.

Me pediu ser paga, juntou logo três copos. Mandou o cão para fora, o bicho que esperasse por ela. Obediente o cachorro meteu as pernas entre o rabo e saiu. Olhei em redor, a conversa embaretecera, risos rolando em risos. Nem parecia ter havido o tiroteiro, há segundos. Não parecia mesmo haver lá fora, tudo se resumindo àquele barzito. A cega pareceu adivinhar meus pensamentos.

— *Graças a Deus sou cega. Lá fora, o mundo está pior. Por causa essa guerra, já ninguém se compaixona por ninguém.*

Ela então contou sua razão de suspirar: aguardava o brigadeiro Silvério Damião, seu amante muito militar, exercendo patentes no exército colonial. Juliana historiava: que o brigadeiro tinha saído em missão recente contra os turras, na defesa da lusitana terra. A cega misturava os tempos, fazia do passado um tempo vigente. De um brusco gesto, meteu todo um braço dentro de sua saca e retirou um molho de envelopes.

— *Tudo isso são cartas dele, não passa nenhuma semana que não escreva. Queres ler, estrangeiro?*

Segurei as cartas, hesitante. Não li nenhuma. Aproveitei o momento para lhe explicar o motivo da minha presença naquele bar. Quem sabe ela me poderia apontar alguém capaz de me acompanhar em procuras no mato. Juliana Bastiana permaneceu sem resposta, parecia nem lhe chegara meu pedido. Pensei que deveria abrir um pouco dos motivos, lhe devia uma explicação. Mas ela me interrompeu:

— *Há um motivo de amor?*

— *Sim, há.*

— *Então, não preciso saber mais.*

Sorri, agradecido. Mantinha as cartas na mão, com delicado respeito, como se ela me pudesse ver. Devagar fui pousando os envelopes sobre a mesa. Os homens me olhavam, desdenhosos. Eu, um de fora, gozava a companhia de Bastiana. Baixei a voz e o gesto para não criar caso. As caras em volta eram de nenhuns amigos. Antoninho, só então reparei, já tinha saído do bar. Juliana me pareceu adivinhar o sentimento:

— *Não tenha medo. Esses gajos é que têm razão para terem medo.*

Só o brigadeiro Silvério, seu distante amante, era um homem muito inteiro, sem minhufas de ninguém. Era por isso que os outros sempre se irritavam quando ela anunciava o breve regresso do militar.

Voltei ao assunto da minha pergunta. Adiantei que se tratava de procurar uma criança há muito abandonada. Juliana lançou um terrível pressentimento: se fora há muito tempo, então esse miúdo devia andar com os bandos, patifaristando pelos matos, feito semeador de infernos.

— *Mesmo assim lhe quero encontrar*, respondi.

Eu queria ganhar tempo, entreter a prostituta a ver se ela se inclinava a deixar cair o nome de alguém que me servisse de guia.

— *Tens arma, estrangeiro? Não tens? É muita pena: porque era bom que ensinasses a esse menino maneiras de matar, bons métodos de roubar.*

Da bolsa retirou um cigarro e, sem acender, o ajeitou entre os lábios. *É só para os outros verem, nem tu sabes quanta inveja vale uma coisa dessas*, disse ela abanando o cigarro.

— *Encontras o miúdo, mas ficas proibido de lhe dar caneta ou enxada. Isso não dá vida para ninguém. Vale a pena uma arma, estrangeiro. Nestes dias, uma arma é que faz a vida. Rápida e boa.*

Do cigarro apagado ela arrancava invisíveis fumaças. Foi rodando a cabeça, espreitando as vozes. Sacudiu a cadeira, para me chamar a atenção. Apontou a mesa ao lado onde estava Shetani.

— *Tu não sabes o meu perigo de sentar aqui, sozinha consigo.*

Não demorei entender. No fundo do bar, Shetani chamou Bastiana. Usava os modos de espalhador de brasas.

— *Anda-te aqui. Quero mostrar-lhe uma coisa.*

Bastiana levantou-se com ar grave, apalpando as vozes, seus cinzentos. Ainda quis ajudar. Mas ela rejeitou o meu braço e ordenou que me afastasse. Avançou sem chocar em nada, postou-se diante de Shetani.

— *O que é?*

— *Dá a tua mão, quero oferecer-lhe um presente.*

— *Vai para o mato, o seu lugar é lá.*

— *Estou-te a dizer, Bastiana. É um presente, uma encomenda que fui dado por um brigadeiro colonial.*

A prostituta estremeceu, seus olhos sorriram, vagaluminosos. Deu um passo em frente, seu corpo se firmava como um credo. Shetani afastou a mesa, ergueu-se com vagares. Segurou a mão de Juliana Bastiana, abriu-lhe os dedos com força.

— *Toma, Juliana Bastiana.*

Colocou-lhe nas mãos uma qualquer coisa, ninguém percebeu o que era. Conforme apalpou a oferenda, o rosto dela foi abrandando o sorriso e, aos poucos, se fechou em mágoa. Até que gritou um arregalado lamento e chorou. Veio até à minha mesa, desta vez chocando-se nas demais cadeiras, cambaleoa.

— *O que é, Juliana? Que te fizeram, conta-me.*

Ajudei a se sentasse, seu corpo estava tenso, parecia ter tomado o freio nos nervos. Em seu rosto se desprendiam gotas de grossa tristeza, ensopando o pó-de-arroz. Voltei a pedir que me explicasse o que sucedera.

— *Olha, vê o que fizeram com meu cão.*

E abriu as mãos. Nelas estavam duas orelhas cortadas, ainda sangrando, inundando de vermelho a concha de seus dedos. Eu nem me pensei. Empurrei a cadeira, avancei sobre o milícia. Mas no caminho o braço da prostituta me travou, em aflição.

— *Onde vais?*

— *Ele tem que aprender, Juliana. Alguém deve...*

— *Fica quieto, seu burro.*

Juliana gritara aquelas palavras. Levantou os braços no ar, balburdiando gestos, palavras de arder. Me puxou para o assento com força, os desempregados olhos confirmavam sua cega decisão de me reter. Por fim, vendo-me vencido, soprou aliviada como se escapassem reticências de sua alma.

— *Ele não fez por mal, estrangeiro.*

— *Como não fez por mal?*

— *Tu não entendes. Fui eu que pedi a Shetani para ele fazer isso. O bicho estava doente, eu que não tinha coragem...*

Desandei, incapaz de ouvir. Saí até à porta para apanhar fresco. Passei por Shetani. Uma outra prostituta se nichara, entretanto, sobre as suas pernas dava ternuras merecidas pelos vencedores. Juliana permanecia sentada, bebendo em silêncio.

As horas se foram dissolvendo, a espuma desceu nos copos. A noite, às tantas, recebeu as despedidas, na cervejaria foram crescendo as cadeiras. Juliana Bastiana insistiu em pagar, retirou o dinheiro das roupas íntimas. Depois, os trocos voltaram ao sutiã. As moedinhas tilintintaram, pareciam rir com cócegas dos seios. Fui último a sair. Demorei a contar os pés, quantos os legítimos meus. Sem dar conta eu tinha ultrapassado os meus níveis.

Inspirei o ar da noite. Lá fora a multidão se desapinhava. Alguém puxava o Quintino pelos braços. Depositaram-lhe no passeio, ele estava destinado a dormir sob o lençol das estrelas. Um braço me repuxou, era Juliana Bastiana. Arrastou-me para ela, me cochichou:

— *Esse que está aí, todo entornado no passeio.*

— *Esse o quê?*

— *É ele que entende do mato, pode andar lá mais à vontadinha que os bichos.*

— *Quintino?*

— *O próprio. Ele é que lhe pode conduzir onde você quer.*

A cega afastou-se, mão dada com uma outra prostituta. Todos se haviam ido, me deixando só com o bêbado. Longe, um rádio ainda machucava o silêncio. Sentei para esperar uma pausa na inconsciência do homem. Estávamos só nós, eu e o embriagado Quintino, relentando-nos no cacimbo da noite. Uma saudade de Farida me inundou. Voltaria a ver aquela mulher? Ou jamais me poderia servir daquela formosura? Afinal, em meio da vida sempre se faz a inexistente conta: temos mais ontens ou mais amanhãs? O que eu desejava era que o tempo se adiasse, parado como o barco naufragado.

O bêbado, entretanto, não havia meio. O sono se descalçara na minha cabeça, tão convidançante que, para resistir, me subiu uma agonia. Me levantei, decidido a passear-me pelas redondezas. Nunca fui mancha-prazeres: tristeza sempre eu tratei no remédio de uma canção. Entoei uma melodia antiga, enquanto caminhava sob o perfume dos canhoeiros.

Decidi voltar, de madrugada, para procurar Quintino. Ansiava em saber a sua resposta sobre o serviço de me conduzir. Repente, um vulto saiu do escuro. Calafriorento, me defendi, atirando o desconhecido ao chão. No meio da luta, senti no corpo do suposto as palpitantes saliências: era uma mulher, seus seios estavam colocados à minha disposição.

— *É você, afinal?*

Carolinda, a esposa do administrador, se emancipou da penumbra, desfez-se da silhueta. Com a luta, a roupa se havia esfarrapado. Agora, no claro da luz, ela se enfeitava com seu próprio corpo, fosse era a abelha florindo. Atirava o pescoço para trás, no provoco de um riso. A língua, matreira, espreitava à soleira da boca. De passagem, Carolinda me fez lembrar Farida. Qualquer coisa as igualava, rosto em rosto. Ou será que o fogo do desejo faz semelhar toda a mulher? As nossas mãos se laçaram, como se temessem a separação. Estávamos perto da igreja, procurámos um lugar urgente.

— *Na igreja não, os santos gostam de espreitar.*

Demos a volta ao pátio, entrámos no curral da Missão. Dentro havia um xipefo de curta lumieira. Peguei no candeeiro com a mão desocupada e andámos por ali pisando palhas, tropeçando em pés do outro. Era uma dança para a qual ainda não havia sido inventada nenhuma música. Despimo-nos com ânsia. Pendurei o xipefo no chifre do boi e deitámo-nos sobre a palha.

Oitavo capítulo

O SUSPIRO DOS COMBOIOS

— LHE VOU CONFESSAR MIÚDO. *Eu sei que é verdade: não somos nós que estamos a andar. É a estrada.*

— *Isso eu disse desde há muito tempo.*

— *Você disse, não. Eu é que digo.*

E Tuahir revela: de todas as vezes que ele lhe guiara pelos caminhos era só fingimento. Porque nenhuma das vezes que saíram pelos matos eles se tinham afastado por reais distâncias.

— *Sempre estávamos aqui pertinho, a reduzidos metros.*

Tudo acontecera na vizinhança do autocarro. Era o país que desfilava por ali, sonhambulante. Siqueleto esvaindo, Nhamataca fazendo rios, as velhas caçando gafanhotos, tudo o que se passara tinha sucedido em plena estrada.

— *É miúdo, estamos a viajar. Nesse machimbombo parado nós não paramos de viajar. Me faz lembrar quando andava no comboio.*

O velho se lembrava, olhos quiméricos. Recordava o trem resfolegando pela savana, trazendo as boas simpatias de muito longe, os mineiros que chegavam carregados de mil ofertas. Sua memória se inundava de vapores e fumos, esses que cacimbam as sonolentas estações. Há quanto tempo os comboios tinham parado de espalhar seus fumos mágicos?

— *Você alguma vez escutou a fala do comboio?*

— *Nunca, tio.*

— *É bonito de se ouvir. Túúúúúú-úú.*

Tuahir se recorda. Seu serviço tinha sido numa estaçãozinha. Quando a guerra chegou, os comboios deixaram de passar. Mas ele ficou em seu posto, com sua lanterna, sua atenta bandeira. Aquela lanterna tinha restado como única luz entre tanto mato como se fosse uma lâmpada não dos homens mas da terra. Pontualmente Tuahir madrugava na gare, varria o patamar, reparava as tábuas da casinha. Aplicava seu princípio: há-de vir, um dia o comboio virá. Quando chegasse a data ele estaria à frente da ocasião, todo fardado, todo organizado. Como sempre fizera, saudaria a locomotiva em solene continência. As carruagens arrastariam seu suspiro de ferros, as meninas correriam com seus cestos vendendo frutas e a vida se banharia de luzes e vozes.

— *Às vezes me apetece arrumar este machimbombo como eu fazia com a estação. Mas agora não vale a pena.*

— *Não vale a pena porquê?*

— *Também não vale a pena responder. Vê esse apito?*

E retira do bolso um velho apito. Era um amuleto que o tinha acompanhado todos aqueles anos.

— *Leve. Para lhe dar sorte.*

Muidinga, de princípio, não aceita. O apito tem valores sentimentais que só o velho conhece. Mas Tuahir insiste e ele acaba por recolher o pequeno objeto. Em sua alma, porém, há uma pedrinha. Por que motivo não mereceria a pena cuidarem do autocarro? Porquê aquela desistência do tio? E lhe fala, com devoção. Lhe fala de risos futuros, o mundo brincando em suas mãos. Voltariam os dois a cuidar da estação, lanternas e bandeiras a ordenar o trânsito das carruagens.

— *Não é o tio que sempre repete: qualquer coisa vai acontecer?*

— *Digo isso porque já perdi a esperança.*

— *Mentira. Se tivesse perdido por que razão me havia de oferecer esse apito?*

O velho pede então que o miúdo dê voz aos cadernos. Dividissem aquele encanto como sempre repartiram a comida. *Ainda bem você sabe ler*, comenta o velho. Não fossem as leituras eles estariam condenados à solidão. Seus devaneios caminhavam agora pelas letrinhas daqueles escritos.

— *Me lê, miúdo. Vai lendo enquanto eu faço um serviço.*

Então, o velho improvisa um xipefo, solta um pano vermelho. Apanha um ramo de palmeira e inventa uma vassoura. Varre o interior do machimbombo enquanto canta. O miúdo desfolha os cadernos sorridente. O velho se recriava, igual ao seu antigo emprego. E é como se o próprio Muidinga estivesse sentado na estação, aguardando o próximo comboio. Tuahir vai juntando os resíduos do queimado numa velha tampa. Depois, sai do autocarro e espalha as cinzas pelas terras em volta.

— *O que está a fazer, tio?*

— *Estou semear este adubo. É para amanhã quando chover. Continue, filho. Não pare de ler.*

Oitavo caderno de Kindzu

LEMBRANÇAS DE QUINTINO

DESPERTEI JÁ ERA MUITO MANHÃ, Carolinda não estava ali. Fui recolhendo coisas minhas espalhadas pelo chão. Então vi que Carolinda deixara cair um colar. Apanhei o enfeite e o guardei para, mais tarde, lhe devolver.

Saí do curral, tonteado pela luz cheia do sol. Voltei ao bar para encontrar Quintino e finalmente lhe pedir que me acompanhasse pelos matos. No pátio do bar havia um revolvido ajuntamento. Um homem rebocava o Quintino, carregando-lhe às forças. O magrinho não resistia: seus passos é que não encontravam as pernas. Tropegava, tropeçava, tromalhava. O caminho é que escolhia o homem. Afinal, toda a direção do embriagado é sempre conveniente. Eu ia reclamar uma explicação quando um braço me amigou:

— *Deixa, é melhor não se meter.*

Só então reconheci Shetani. Era ele quem carregava Quintino. Desta vez, o homem estava fardado. Em seus braços, Quintino experimentou umas palavras, sílabas de saliva. Eu tinha que recuperar Quintino, aquele bêbado me era precioso.

— *O camarada desculpe mas eu posso cuidar do meu amigo.*

Shetani me olhou, desconfiado. Seu rosto piscou, o nariz fungou. Estaria a rir?

— *Me ajuda a descarregar este volume*, aceitou ele.

Puxei Quintino pelas axilas, nunca vi sovacos tão vazios. Acarretei sozinho todo o corpo do embriagado.

— *Aguentas com ele?*, perguntou Shetani.

— *Isto nem peso não é.*

Foi quando uma pistola se escancarou contra o meu espanto. Aquela visão me revolveu as tripas do peito. O antigo combatente puxava ameaça, em frente dos gerais:

— *Vens comigo e carregas com o cabrão do grosso. Vá, toca-te.*

Fui pela estrada, tchovando Quintino. Eu tinha a mioleira toda numa trapalhada. Estava numa dessas situações em que nem a água é mole nem a pedra é dura. Qual seria, afinal, o meu delito? Nos atuais dias, que motivo necessitam para encaixotarem um vivente? Fomos parar na administração, de pulsos atados. Quintino permanecia nas brumas, sem nexo. Soltava frases por atacado:

— *Hoje é domingo, amanhã também.*

Franziu as pálpebras como se receasse que o pensamento lhe fugisse pelos olhos. Depois, contou as costelas, uma por uma. Cocegava-se, atrapalhava-se no riso e recomeçava.

— *Vinte e quatro! Tal igual as horas do dia. Já viu, Kindzu: nesse mundo tudo se conta por igual?*

Passava o tempo, as cordas me iam entrando na carne. Até que o administrador Estêvão Jonas nos compareceu com sua escolta. Eram vários responsáveis, todos balalaicados. Olharam-nos em silêncio, como se em nós se juntassem as culpas de todos os mundiais crimes. Quem falou foi o Abacar Ruisonho, mansinho:

— *Meter no frigorífico, chefe?*

— *Nem penses! Esses gajos têm a mania de congelar. Não quero mais confusões. Quem sabe que é esse tipo...*

E apontava para mim. Abacar puxou a barriga acima do cinto, preparando-se para discursar. Mas o administrador ergueu o til das sobrancelhas e deu ordem, mastigando os maxilares:

— *Vão chamar minha esposa!*

Falava sem movimentar os lábios, tal era sua fúria. Carolinda deu aparecimento, cabeça baixada. Quando ergueu o rosto, seus olhos me acusavam, certeiros:

— *Sim, foi este.*

Carolinda apontava para mim. Depois, desviou o olhar e não mais voltou a me enfrentar. Pesava no ar a imobilidade do silêncio. Me lembrei então que ainda tinha o colar de Carolinda. Se me revistassem não teria salvação. O medo me fazia descer por mim abaixo. A mulher do administrador saiu pelo corredor, escoltada pelos milicianos. Estêvão Jonas disse:

— Minha esposa viu-te rasgando dinheiro e atirando as notas no mar.

— Não é verdade.

Abacar exibiu as provas: dinheiro falecido, espedaçado, ainda pingando de molhado. Atiraram com aquela pasta viscosa contra mim. Apressadamente, Quintino recolheu os bocados e tentou reconstituir as notas. Contava com duplos dedos, desfiando os números alfabéticos. Seus olhos, boquiabertos, navegavam em retalhos de riqueza. Estêvão Jonas ordenou a seus subordinados que o deixassem sozinho connosco. Ficou calado até que todos saíssem. Só então ele inquiriu:

— Apenas quero saber uma coisa: comeste a Carolinda?

Neguei, veementindo. O administrador já conhecia a versão de Carolinda. A esposa justificara o seu atraso noturno. Ela contara que tinha visto um maço de notas na praia. Vergou-se para o apanhar mas não foi capaz de se endireitar. Estava presa no dinheiro, sem poder soltar-se durante horas.

— Conheço esse xicuembo, não pode ser de alguém daqui. Foste tu que encomendaste. Mas eu não fico em obscurantismos: isto é ação política, obra do inimigo, abuso dos símbolos da Nação.

Seguiram-se ameaças. Na manhã seguinte, iríamos saber quanto custa desafiar o Poder. Estêvão Jonas saiu, batendo a porta. Quintino, em convalescença, desabou nos prantos. Tinha bebido tanto que as lágrimas cheiravam a álcool. Conforme se ranhava ia ganhando mais sobriedade. Olhei o meu companheiro, senti até pena que lhe passasse a embriaguez. O mesmo álcool que ontem lhe fizera corajoso, hoje lhe atirava nas valetas. Chamei-lhe ao presente, não tinha outro momento para combinar com ele a viagem até ao campo de deslocados onde estava Euzinha. Eu estava preparado para lhe oferecer vantagens. Nos dias de hoje quem ajuda o outro só por desinteresse?

— Conduzes-me pelo mato. Em troca, levo-te até ao barco onde está Farida. Tu tiras de lá o que quiseres.

Ele aceitou. Afinal ele também queria fugir. Um fantasma

lhe perseguia, confessou. Um fantasma? Sim, o espírito de seu antigo patrão colonial.

— *Vou-te contar minha estória, estrangeiro.*

— *Kindzu*, emendei.

— *Kindzu*, aceitou ele. E começou a narrar. Sua estória deve ser lembrada.

Aconteceu quando Quintino decidiu visitar a velha casa onde trabalhara como empregado doméstico. Ia ver se ainda sobravam os valiosos bens dos patrões. Não usaria a palavra roubar. Talvez *nacionalizar*. Nacionalizar uns bens a favor do povo original. Entrou na antiga casa, violando portas e janelas. Enquanto entrava lhe vieram culpas de quem está abusar de uma campa falecida. Porque ali mesmo, no chão da cave, tinha sido enterrado Romão Pinto, chefe de família, dono da casa e seu patrão. Falecera nos conturbados tempos da Independência, tempos que calamitaram a vida do português. De que maneira ele morrera? Sobre isso nunca houve acerto. Uns dizem morreu por castigo dos sangues que apanhou da amante, namoro que teve em tempo de menstruação. De facto, o homem se tinha viciado em donas de peles escuras, querendo delas o urgente corpo. Certo era também que ele, dessa preferência, recolhera mais sabores que dissabores. Outros dizem que o português falecera ao ver seus campos de algodão em chamas. Fora ele quem deitara o incêndio na plantação. *Se isto não fica para mim também não fica para mais ninguém*, clamara em frenesim, tocha a arder na mão erguida. Seu coração, contudo, não aguentara. A visão da plantação em chamas lhe desfeitou o peito, o colono endureceu antes de mesmo tombar no chão. A morte do português se mantinha assunto multiversivo, tema de serões e fogueiras. Seja o que seja, o trás-montanhoso morrera por graça de estranhos poderes. Quem sabe fora vítima não de uma única mas de diversas mortes?

Uma dezena de anos depois, descendo à cave com um fósforo aceso entre os dedos, Quintino ainda sentia o cheiro da plantação incendiada. Sobre uma mesa, um velho xipefo recebeu a chamazinha do fósforo e luzinhou por toda a sala. Quintino ajeitou os olhos: tudo estava tão limpo, tão correto. Os móveis dormiam em escura sonolência, o caixão ainda ali estava como uma doença incurável no centro da cave. Quintino Massua passou a mão sobre a poeira, num gesto esquecido de empregado de limpeza. De súbito, um barulho lhe gelou o nervo. Olhou, conquanto nem quisesse ver: o defunto, seu antigo patrão, se erguia do leito fúnebre. Romão Pinto, filho e neto de colonos, voltava à velha casa da família depois de mais de uma década de definitiva ausência. Ficou sentado como se lhe custasse regressar. Depois, começou de apalpar os pés.

— *Os meus sapatos?*

Olhou em volta, pisco-piscando. Encolheu as pernas, espalhando pragas. Pelos modos grosseiros se via que, em sua permanência pelos lados da morte, ele não se encontrara com nenhum deus.

— *Sacana de pretos: gamaram-me os sapatos.*

E dali se pôs a berrafustar. Que um já não pode falecer com os devidos respeitos, mal estica já lhe estão a rapinar. Enquanto falava se ia conferindo, certificando-se das vestes, anéis, as resguardadas partes. Quintino se chegou, cauteloso:

— *Eu nem fui, patrão.*

O antigo criado apontava os pés, como comprova. Estavam descalços, cobertos só com tinta branca. *Agora maneira é essa, patrão, fazemos como assim, pintamos*, disse Quintino. E logo se admirou do termo que usou: patrão!? Nunca pensou que, em tão breve tempo, tivesse que outra vez se subordinar.

— *Sapatos não há, patrão, isso é coisa que não se encontra. É por isso levam, arrancam dos mortos.*

O defunto levantou-se. Esfregou os olhos, bateu com os dedos na madeira do caixão.

— *Andei anos às marradas a esta merda.*

Quintino sorriu, mais cheio de susto que vontade. Ele sabia: os recém-falecidos recusam sair deste mundo se não lhes dedicam as devidas cerimónias. Ele bem que tinha dito à senhora: era bom despedir do patrão, organizar as cerimónias.

— *E o que ela respondeu, essa cabrita?*

— *Ela negou.*

— *Negou? Mas negou como?*

— *Ela disse o patrão não tinha ido sozinho, o patrão levou companhia que merecia.*

O branco sorriu, desdenhoso. Afastou-se, abanando a cabeça em mudas reprovações. Esquecera a ciência de caminhar, demorou a acertar com as pernas. Quintino olhava o regressado quase com ternura. Aquele branco andara por escondidos domínios durante quase muitos anos, vagandeando por nuvens frias, lá onde não se contam nenhuns serviçais. Quem tratara de seus assuntos, no dia-a-dia de sua morte? E mais ainda: por que razão voltara? Quintino suspeitava saber: os recém-mortos têm suas devidas iniciações, devemos deixá-los em sossego. Eles estão em seus primeiros passos na eternidade. Esses defuntos estão ainda a aprender a serem mortos. Romão Pinto agora se equilibrava no fio das tonturas, perdidos os hábitos verticais. O morto cambalinhava, tropeçando, descalço. Nem Quintino nunca vira antes os ambos pés de seu patrão. Eles ali estavam, mal acordados, soletrando o chão. Pés de branco são envergonhados: fora dos sapatos, parecem mulheres aflitas.

— *Raios te parta, seu filho duma quinhenta, logo havias de ser tu a minha primeira visão. Diz-me: onde está a minha patroa?*

— *A senhora?*

— *Sim, Dona Virgínia, minha mulher. Será que morreu, a grande cabra?*

— *Dona Viriginha? Não, não morreu. Está bastante vivinha.*

— *Eu imaginava, a gaja é de raça.*

Romão soltou uma risada que sacudiu o empregado. Quintino estranhou: talvez era inveja das amplas vivências de Virgínia. Durante anos, o seu caixão criara mofo no chão da cave.

Ali fora enterrado, por despacho de serviço. Na realidade, o cemitério estava demais cheio de formigas-cadáver. Comem um morto enquanto o diabo esfrega o olho-zarolho, foi o aviso do padre português. Por isso lhe enterraram no chão da cave, onde nem os ratos nunca haviam farejado. A casa ficara adormecida, a viúva saiu para viver noutro lugar. Assim vazias as casas são sempre muito enormes.

— *Quero sair, quero dar uma volta por aí!*

— *Não sai, patrão. Este tempo não é como de antigamente, patrão não conhece nem um bocadinho de ninguém.*

— *Não conheço ninguém, como? Afinal, quem é o atual mandachuva?*

— *É Estêvão Jonas. O patrão não pode conhecer, ele é um de fora.*

— *Pois a primeira coisa que vais fazer mal saíres daqui é chamares aqui o camarada-chefe. Ouviste?*

Quintino acena enquanto o colono, subitamente, se ocupa a remexer a camisa, as calças. Procurava uma nódoa, vestígio de sangue seco. Vai reclamando: *essa Salima, cabrona, me há-de pagar!*

— *Tu sabes, Quintino? Sabes o motivo verdadeiro do meu falecimento? Foi essa cabra da Salima.*

— *Fez o quê, a Salima?*

— *Eu é que fiz. Comi a gaja com os sangues.*

— *Chai, patrão!*

— *Mas vinguei-me, obriguei a cabra a deitar-se com o corno do marido. Ao menos fomos juntos que lerpámos, ninguém ficou a matabichar a gaja.*

— *Mas o marido dela não morreu.*

— *Não morreu? Como não morreu?*

— *Estou a dizer, o gajo até hoje está vivo.*

— *Caraças, não é possível!*

Romão Pinto não queria acreditar. Passou os dedos pelos cabelos, se chegou à janela. Ficou olhando os avessos do mundo, no triste jeito com que a liberdade fita os olhos dos prisioneiros. Lembrou seus derradeiros momentos de vida. Tudo lhe surgia com a nitidez do ontem.

Naquele dia Romão Pinto saiu, sem notícia, pelas sombrias palhotas. Aspirou o intenso perfume das goiabeiras, com modos do nariz trincar a vermelha polpa do fruto. Ficou por baixo da árvore olhando a oficina de Abdul Remane. Não tardaria que o maometano saísse, levando suas latas para soldar, no bairro vizinho.

Romão se impacientou ali, encostado no suave tronco da goiabeira, enervado pela demora do mecânico:

— *Mulato cornudo, despacha-te!*

Abdul acabava de arrumar suas bagagens. Sobrancelhudo, chamou pela mulher:

— *Salima!*

Ei-la: envolta em pano branco, de sabores convidantes. Algumas belezas, em mulher se tratando, nascem depois da meninice. São essas as mais luaminosas. Romão Pinto se cismava: *um homem em tão magra solidão não tem direito às redondas morenices? As pretas, Deus me proteja. Mas as mulatas, essas quem as concebeu? Não fomos nós, portugueses? Pois então temos direito a petiscar essas lascivas carnes. E Salima, caraças, que graça desperdiçada nas mãos desse escarumba!*

Por fim, o mecânico se despachou das vistas. Romão deixou as sombras, correu para a casa. Entrou sem bater. Nos afazeres dos arrumos, Salima se estremunhou. Ele rodeou-a por trás, limpou-lhe um óleo no braço, desses sujos de garagem. Ela desviou o corpo, furtando-se:

— *Deixa ficar esse sujo, Romão. Meu marido confere cada mancha. É ele que me põe esses óleos para garantir-se.*

Os dois sorriram. Ele garboso, titular. Desabotoou a mulata, acarinhando-lhe os seios, as volumosas ancas.

— *Está escuro, vamos ligar o gerador.*

Ela que nem pensasse, o barulho do gerador não deixa escutar os barulhos de fora, ainda vem aí o cornudo do Abdul. O português costura as mãos no escuro dela e Salima cede num arrepio confuso.

— *Romão, você me prometeu...*

— *Prometi o quê?*

— *Me levava para...*

— *Ah, levo, levo.*

Há quanto tempo duravam os dois, nesse esconde-aonde? Sempre sem grande namoro, o Romão rumando direto no corpo de Salima. Atirava a mulher ao ar, pronunciando as jogáveis palavras: *cara ou coroa?* Qualquer que fosse o modo dela tombar no colchão ele sempre ganhava a aposta. Afinal, os dois lados da mulher eram, para ele, o mesmo e único.

Agora, mergulhados na penumbra da cozinha eles se comemoravam, enroscados, gatinhosos. Salima se despediu das vestes, açucarando as carnes.

— *Romão, para sua satisfeição, que devo fazer?*

Sempre aquelas muçulmanias, servindo os prazeres do senhor. Nos cumes do ato de amor, ela interrompia: assim, está bem para si? Nessa tarde, Romão se serviu, lambuzeiro, no banco da cozinha, ela sentada sobre suas pernas querendo lhe prestar melhor que sempre. Porém, o português mal teve tempo de terminar-se: um ruído na porta o alarmou. Retirou-se às pressas, calças nos joelhos, tropeçando nos degraus das traseiras. Sossegou quando se viu no atalho, desatando a rir da sua própria figura. Aproveitou as calças estarem já em baixo para urinar, dizem que purifica as vias, depois das consumações. Desnecessitou-se ali, apontando uma árvore, feito um cão. Deleitou-se, de princípio. Sabia bem aquele abrir de um açude no deserto! Mas, depois, correndo já as águas há tempos incontáveis, ele se começou a preocupar. Queria parar, não conseguia. Litros e litros lhe escapavam, num caudal que jamais ninguém ajuntara. Já lhe doía o vazadouro, mirradinhas as bolsas e as funções não haviam maneira de parar.

— *Meu Deus, estou enfeitiçado!*

A cabra me deitou feitiço, não é possível estar-me para aqui a mijar desta maneira. O português se babava, choraminguante. As águas escoavam, parecia ter-se aberto o alçapão das nuvens. Ele implorou, solicitando a Deus. Até que, no auge do desespero, o derrame se estancou. Romão Pinto, exausto, contemplou as esforçadas partes. Foi então que a alma se lhe espetou no visto: as cuecas estavam manchadas de vermelho, quase pingavam.

— *A puta estava com os sangues, raios a partam!*

Voltou para trás, louco das fúrias. Queria castigar a mulata, arrancar-lhe as vísceras ensanguentadas. Logo-logo, porém, seus passos se voltearam e o homem aluiu. Ficou ali, sem noção, quis gritar, chamar alguém. Mas o grito lhe saiu líquido, pastoso. Da boca lhe escorreu a primeira golfada de sangue.

Quando retornou a si era já madrugada. Cambalinhando, fez o caminho de regresso a casa de Salima. A casa ainda não despertara, marido e mulher dormiam. O português gritou por Salima. Ela veio à janela, esgrenhada. Com aflição, lhe pediu silêncio. Depois, saiu em alvoroço, amarrada a um lençol.

— *Cala-se, Romão, ainda acorda o Abdul!*

Ele agarrou nela, sacudiu-a com raiva, fazendo descair o lençol. Sua boca ainda espumava, uma baba cor da rosa espreitou antes das palavras:

— *Grande puta: estavas menstruada!*

— *Eu não sabia, Romão. Só vi depois.*

Ele nem queria escutar. Vinha à mente era a voz da crença, condenando aquele que ama uma mulher em estado de impureza. Também o português punha crédito em tais africanas maldições: nele os sangues haveriam de escorrer, transbordantes.

— *Agora, vou-te dizer uma coisa: eu, António Romão Pinto, não vou morrer sozinho.*

O português desferiu ordens: ela devia convidar o marido para os amores, despertando-o com desejo de ardências. Fosse mulher súbita, imediata, inadiável.

— *Hei-de fazer depois, Romão...*

— *Depois, não! É agora mesmo. Vai que eu fico a ver pela janela.*

— *Romão, não faça isso, por favor. Nossos meninos são ainda tão pequenitos...*

— *Vai para dentro e põe-me esse gajo a saltar! Ou eu nunca mais te levo daqui...*

Salima entrou, lagrimando. No quarto se penteou, passou um perfume, aprontando-se. Pelo espelho ainda viu Romão, empoleirado na janela. Não notou, contudo, que os braços do tuga cediam, frouxos, e ele se poentava, caindo por trás da vidraça.

O falecido se afastou da janela como se tentasse apartar daquelas dolorosas memórias. Tinha um ar de quem já não pede nada, de quem já não quer nenhum recomeço. Quintino sentiu até pena do português. O homem estava desfeito com a notícia de que, afinal, o marido de Salima não morrera. Para consolar o homem, Quintino avançou possíveis explicações. Quem sabe era um falso sangue, esse que a mulher mostrara? Ele conhecia as manhas das mulheres quando não querem servir as urgências dos machos. Fingem, chegam a cortar-se nas virilhas.

— *Vai ver ela lhe drabou, patrão!*

Mas o colono já nem escutava. Debruçado no parapeito parecia aprender artes de renascer. O rosto pálido se madrugava, recuperado das memórias da antepassada vida.

— *Deixa lá isso, pá. Agora, vamos lá ao que importa. Ora diz-me cá uma coisa. Onde é que está Farida?*

Os olhos de Quintino se redondaram, esbugalhões. Farida? Não sabia, a mulher se deslocalizara. O branco insistiu, Quintino retorceu a voz, em sonoro garatujo:

— *Não posso falar o nome dessa mulher. Dona Virgínia me proibiu.*

— *Isso foi antes de eu morrer. Agora, que mal faz?*

— *Ninguém sabe onde ela para.*

Então, o defunto se despreguiçou, saudoso da morte: *Meu Deus, como eu sonhei com essa Farida, nem sabes como aquele corpinho dela me consolou.* De repente, porém, mudou os tons, passou a proclamar ofensas, ameaças.

— *Se não confessas, eu carrego-te comigo para os infernos.*

O empregado, aterrorizado, evitou que o patrão lhe tocasse. Olhava para Romão como o milho olha o pilão. Foi recuando, chocando com as cadeiras.

— *Juro, patrão. Ninguém sabe. Nem do filho dela também ninguém sabe.*

O filho dela? O que é isso, essa gaja tem um filho? Romão Pinto, intrigado, rodava em volta do magricelas. *Vá, conta lá, pá, quero saber.* E, num salto, segurou as goelas do antigo doméstico. Quintino subiu no ar, levantou os braços em sinal de rendição, rogando que Romão o deixasse.

— *Patrão, vou contar tudo, tintins inclusive. A verdade é assim: única quem sabe é Dona Virginha, sua esposa. Foi ela que acompanhou o caso, eu só ouvia contar.*

— *Olha, Quintino, te peço: vai procurar Dona Virgínia, diz a ela para vir aqui.*

— *Chii, patrão. Custa muito demais para falar com ela.*

— *E porquê? Está surda a velha?*

— *Não posso explicar, patrão. Mas não se apanha conversa com ela.*

O colono, então, lhe disse: *só posso sair daqui pela mão de um vivo. Me acompanha que te recompensarei.*

— *Não posso, patrão.*

Então choveram as ameaças, coisas de estarrecer. Facas e fogos, lumes e chibatas. *Desfaço-te que nem daquela vez que desapareceram os talheres. Ou pior, que agora com esta passagem pela morte aprendi maldades que nem lembram ao diabo.*

— *É o fantasma do colono que me persegue até hoje.*

No calabouço da administração, Quintino ainda estremecia só de lembrar as sentenças do português. Acabou de contar a estória e transpirava por mais poros que os que tinha na pele. Afinal, nós dois carecíamos de igual urgência de sair dali. Contudo, tínhamos sido presos para chorar e durar. As cordas apertavam, estávamos a braços com os braços. A meu lado, Quintino fazia como o mocho que olha de noite para sonhar de dia. E de olhos abertos deixámos passar o tempo. Até que, de súbito, um ruído nos fez calar. Alguém se aproximava, de pés nos bicos. Era Carolinda. Sem falar, ela se baixou e nos desamarrou. Ficámos assim, ainda presos ao espanto. Seria armadilha? Fomos saindo, eu e Quintino, em vagaroso desconfio. Quintino foi ganhando confiança e me receitou pressas para que vos quero. Mas eu tinha que regressar, voltar ao compartimento onde ficara Carolinda. Ela se mantinha parada de encosto à parede. Lhe abri nas mãos o colar que tinha guardado comigo. Abanou a cabeça, em recusa. Oferecia-me tudo aquilo como recordação? Aceitei, sem mais.

— *Por que mentiste sobre mim?*, lhe perguntei.

— *Porque não queria que fosses.*

— *Mas eu não vou embora, Carolinda.*

— *Não acredito, isto não é terra de ninguém ficar. Vais partir, tu não pertences aqui.*

— Mas por que razão me soltas, então?

— Para que vás para tão longe que pareças impossível. E agora vai-te e não voltes nunca mais.

Depois, me empurrou com suavidade. Mas eu resisti, me demorando junto dela. Assim, de face em riste, ela me surgia exclusivamente única, triste como pétala depois da flor. Meu peito se encheu. Eu sei que em cada mulher a gente lembra outra, a que nem há. Mas Carolinda me entregava essa doce mentira, o impossível cálculo do amor: dois seres, um e um, somando o infinito. Se aproximou e me acariciou os braços, ali onde as cordas me doeram. A cintura de suas mãos me afagavam, em suave arrependimento. Aquele momento confirmava: o melhor da vida é o que não há-de vir.

Nono capítulo

MIRAGENS DA SOLIDÃO

Olhando as alturas, Muidinga repara nas várias raças das nuvens. Brancas, mulatas, negras. E a variedade dos sexos também nelas se encontrava. A nuvem feminina, suave: a nua-vem, nua-vai. A nuvem-macho, arrulhando com peito de pombo, em feliz ilusão de imortalidade.

E sorri: como se pode jogar com as mais longínquas coisas, trazer as nuvens para perto como pássaros que vêm comer em nossa mão. Se recorda da tristeza que o manchara na noite anterior. Lembra as palavras que trocou com Tuahir:

— *Tio, eu me sinto tão pequeno...*

— *É que você está só. Foi o que fez essa guerra: agora todos estamos sozinhos, mortos e vivos. Agora já não há país.*

A fala de Tuahir ainda agora remexe em seu peito. Mas ele já não parece vencido. E se levanta cheio de uma ideia. Toca nas costas do velho e lhe diz:

— *Estamos sozinhos, não é, tio?*

Tuahir esfrega os ensonados olhos. O miúdo estaria zuca-zaruca? Se estava, era loucura convicta. Porque o moço lhe pede que se junte a ele numa estranha brincadeira.

— *Tio, vamos fazer um jogo. Vamos fazer de conta que eu sou Kindzu e o senhor é o meu pai!*

— *Seu pai?*

— *Sim, o velho Taímo.*

Tuahir negou. O tal Taímo era um falecido. E com os falecidos nunca é bom brincar. Ainda por cima era um morto desconsolado.

— *Você não sabe o que pode fazer um morto incompleto. Não lhe contei o que sucedeu com o pescador Nipita?*

— *Conte, tio. Se é uma estória me conte, nem importa se é verdade.*

Tuahir lembra Nipita, um pescador que fora esfaquinhado pelos bandos armados. Acontecera de noite, o desgraçado voltou de madrugada, vinha buscar as tripas. *Deixei-lhes aqui, esbarriguei-me num nadinha*, disse num derradeiro sopro. Agora estando quase para morrer, não podia se presentar perante a cova sem estar devidamente completo. Alguém ainda lhe disse: *vai que nós te levamos depois as partes que te faltam.* E ele se sepultou, assim, destripado. Nunca mais ninguém lhe levou os restos de suas entranhas. O falecido pescador, agora, passava a morte a maldiçoar os viventes.

— *Está ver? Não se deve brincar com os falecidos.*

O miúdo entende os cuidados do velho. Decide argumentar, escolhe as ideias. *Mas tio, não vamos fazer pouco. Ao contrário, se esse morto está desconsolado nós vamos lhe dar sossego.* Tuahir hesita. O miúdo não dá tempo, insistindo sempre. *É brincar no respeito, tio.* E já se vai sentando, os espantosos olhos fitando o velho.

— *Certo, pai?*

Pai? Tuahir sacode a cabeça. E fica cismando. Depois de um tempo, porém, sua voz se abre, em fresta de riso.

— *Certo, Kindzu.*

Muidinga, então, se deita ajeitando a cabeça no colo do velho. Seus olhos se perdem no horizonte. O miúdo não esperava que Tuahir aceitasse aquele jogo. Agora parece ser ele que está menos à vontade que o velho.

— *Estás a ver o monte, Kindzu?*, pergunta Tuahir.

— *Estou. Quem sabe Gaspar anda por lá, neste momento?*

— *Não anda, com certeza. Aquele monte é proibido*, disse o velho.

E prosseguiu: aquele era o lugar onde há muito enterraram o régulo marreco. Naquela altura, não havia nenhuma elevação, tudo em volta era planície. O morto começou a crescer debaixo da terra e as suas costas se encurvaram, empurrando o chão.

— *Foi assim que nasceu a montanha*, conclui Tuahir.

Muidinga se embala, entorpecido. À medida que aquele fingimento avança ele já não sabe se o que ali se está passando não está ser tirado do livro, como folha rasgada da própria realidade. Fecha os olhos e vê Tuahir, aliás Taímo, se banhando num lago de sura. O velho sai do charco, escorrendo vinho pelas pernas. Se admira:

— *Por que estás tão reduzido, filho?*

— *É que trago um desgosto de mulher.*

— *Isso não tem remédio, filho. Eu sei muito bem. Porque eu vivi num tempo em que o amor era uma coisa perigosa. Tu vives num tempo em que o amor é uma coisa estúpida.*

E o velho desenrola seu pensamento. Nosso mundo de então era feito de miséria e fome. O que valia o amor, a amizade? O único valor, nos atuais dias, é sobreviver. Muidinga, aliás Kindzu, queria saber da felicidade; os outros queriam saber de comida. Ele procurava bondade; os outros só queriam saber quanta vantagem podiam tirar. À medida que Tuahir fala o miúdo se sente minguar, pequeno, quase sem nenhuma idade. Ele carecia de sua paterna mão. Porém, ao invés de ajudar, o velho lhe pede apoio. Estava com frio, solicitou agasalho. O miúdo lhe cobre com seu corpo. E sente pena de si. Como é que ele, tão menino, tão recém-recente, andava cuidando de seu pai? Como é que a sua mão, do tamanho de um beijo, protegia um homem tão volumoso? E lhe cresce uma grande raiva para com seu pai. Afinal, nunca ele lhe cobrira dos frios, nunca ele o empurrara para fora da tristeza. Ou seria que apenas depois da infância ele poderia ser criança?

— *Tio, vamos parar esta brincadeira. Já sinto a cabeça me andar à volta.*

— *Tio? Então, Kindzu, agora você me chama de tio? Será que não respeita seu falecido pai?*

— *Não, pai. É que...*

E Muidinga se atrapalha em totais confusões. É como se qualquer coisa, lá fundo de seu peito, se estivesse rasgando. E se apercebe que, em seu rosto, desliza o frio das lágrimas. Depois, sente a mão de seu pai lhe afagando a cabeça. Olha o seu rosto e vê que, afinal, seus olhos eram sábios. Foi como se, repente, toda a bondade dele ficasse visível, redonda.

— Pai, por que nunca me mostraste como eras, dentro de ti?

— Tinha medo, filho. Não podia mostrar esse defeito e dizer: olha este meu coração que nunca cresceu!

Seu pai estava ali, grande, sem mentira. Pela primeira vez alguém lhe dava abrigo. O mundo se estreava, já não havia escuro, não havia frio. O autocarro incendiado, Junhito maldiçoado, os corpos carbonizados, as mãos do pastor Afonso sangrando, tudo isso ficava longe. De repente, o pai se desata a rir. Por um instante, Muidinga receia que o tio deseje quebrar aquele fingimento, cansado da ilusão. Mas não, o velho prossegue a brincriação. E começa a palhaçar, cambalhotando, para lhe fazer soltar gargalhadas. Cada riso do sobrinho lhe dá o gozo de se sentir pai. Cada disparate de Tuahir traz a Muidinga a doçura de ser filho.

— Eu só sei brincar, Kindzu. Só te posso ensinar a ficares sempre criança.

— Sim, pai. Me ensine.

E eles se rebolam, em folgações mútuas, alegres tresloucuras. Até que exausto, Muidinga se deita no banco do machimbombo. Fazendo de almofada, se amontoam os cadernos de Kindzu. Antes de adormecer o miúdo passa a mão por aquelas folhas, em cúmplice afago.

Nono caderno de Kindzu

APRESENTAÇÃO DE VIRGÍNIA

MINHA DISCORDÂNCIA COM QUINTINO começou antes sequer de partirmos. No dia combinado para sairmos para o mato ele não compareceu. Esperei em vão. Procurei aquele que me iria guiar e que agora parecia estar perdido. E realmente ele estava sem prestar acordo. Deitado num velho muro, ventre inchado, embriagordo. Atordoído, titupiante, Quintino se explicou:

— *Hoje sou cobra com cócega na barriga: não saio do lugar.*

— *Porquê se embebou tanto, Quintino?*

— *Estive com Romão Pinto, é por isso bebi.*

— *Quem é esse Pinto?*, perguntei.

— *Não lembra? É o colono, meu patrão. Aliás, meu ex--antigo.*

— *E agora?*

— *Agora tenho de beber mais*, respondeu.

Desisti. Minha saída da vila estava adiada por uns dias. Decidi espreitar a velha Virgínia, conhecer aquela que fora a segunda mãe de Farida. Quem sabe ela teria informação sobre Gaspar? Cheguei e fiz espera, semioculto, lembrando o conselho de Quintino:

— *Se passar daqui não se mostre. A velha não gosta.*

A manhã foi subindo até que Virgínia lá saiu e se encostou no muro do quintal. Fiquei ali horas perdidas, espreitando a uma distância, entre os verdes-escuros das mafurreiras. O que vi ali me encheu de fantasia, estórias de reaver este mundo onde não cabemos. Apresento a velha Virgínia. Como se ainda a estivesse vendo, no atual hoje. Acrescento o que dela me disseram, em pinceladas de retrato. Entre mim e a idosa senhora a estrada se espreguiça sem nenhum fazer. Na margem dessa estrada eu me sento, retiro meu caderno e escrevo ali mesmo como se receasse que seu desenho me fugisse.

Dona Virgínia Pinto. Ali estava ela, varandeando no exercício de sua última meninez. Em nenhuma data os carros por ali poeiram. As cidades agora são muito longe, a guerra rasgou os cantos da terra. A portuguesa se vai deixando em tristonhas vagações. Branca de nacionalidade, não de raça. O português é sua língua materna e o makwa, sua maternal linguagem. Ela, bidiomática. Os meninos negros lhe redondam a existência, se empoleirando, barulhosos, no muro. Ela nem zanga.

E me contam assim: que Dona Virgínia amealha fantasias, cada vez mais se infanciando. Suas únicas visitas são essas crianças que, desde a mais tenra manhã, enchem o som de muitas cores. Os pais dos meninos aplicam bondades na velha, trazem-lhe comida, bons-cumprimentos. A vida finge, a velha faz conta. No final, as duas se escapam, fugidias, ela e a vida.

Dentro do quintal, tudo é bravio, o mato em minifúndio. Silvestram-se as flores, mais espinhos que pétalas. Os capins já lhe chegam pelos ombros. Ela nem repara a urgência de aparar o capinzal.

— *Não é a relva que cresceu. Fui eu que adimininuí.*

Também a casa lhe parece maior. Agora, ela quase se perde no inaposento. A cama de casal é uma extensão muito enorme, acrescentando solidão na viuvice dela. Seu marido, Romão Pinto, se retirou da vida vai fazer dez anos. Do defunto esposo ela não guarda senão o inverso da saudade. Um pressentimento que ele haverá ainda de chegar, fosse o falecido não um ente do passado mas do porvir. Os vizinhos se admiram com essa falha em sua lembrança. No princípio, acreditavam ser desbotura da memória dela. *Coitada, o hoje é para ela mais antigo que o anteontem*, diziam. Mas, depois, se convenceram de que outro problema se tratava. Porque Virgínia seguia teimando na ideia de um noivado ainda por estrear. No lugar do suspiro saudoso ela punha a ânsia do há-de vir.

— *Quando eu for da idade de casar esse homem me vai chegar.*

Os vizinhos não variavam: a velha durava mais que a validade de seu corpo. Deixassem seu sonho enlouquecer. E perguntavam, entre risos: *o grilo, quando nasce, já tem a toca feita?* É assim a velhice. Virginha que trocasse passado por futuro, sonhasse não com o fim da vida mas com as nascenças que lhe faltavam. Tudo isso que importava?

— *Sabem o motivo das orações dela? A gaja reza para não continuar a diminuir de tamanho.*

E reproduziam as longas-lengas dela: *Santíssimo Padre, se eu continuar a minguar, nem o cavaleiro Romão me notará quando passar por estas bandas.* E repetia, de si para si, desencostadas frases: *ontem, quando eu morrer.* Virgínia, Virginha, Virginhinha: o povo lhe indistinguia variedades do nome. E todos se condoíam de sua velhice como de uma orfandade se tratasse.

Uma ocupação lhe dava fazer: criava sapos no quintal. De dia deixava as moscas patinharem os vidros das janelas. À tarde, juntava-as numa caixa e lhes tirava as asas, uma a uma. Chegada a noitinha ela saía de casa e espalhava as desasadas moscas pela relva. Chamava os batráquios por nomes, sortidos de sua autoria.

— *Que vai ser deles quando eu morrer?*

Fosse, quem sabe, essa a ideia dela: haver alguém neste mundo que lhe desse falta. O sol se vai devagarinhando, parece uma das moscas a quem a velha cortara as asas subindo pelas horas do dia. A velha se deixa ficar, misturando a sua sombra com a do velho muro, olhando a vida como um lugar que já foi seu. O certo é sabido: na seguinte manhã os meninos regressam, subitamente calados, e se envoltam nela.

— *Cuidado, crianças. Não me pisem os sapos.*

Uns lhe penteiam as névoas, outros lhe cortam as unhas, outros ainda lhe corrigem os cuspos no queixo. Ela se deixa, dissolvida, sonambulada num fecha-te sésamo. Os meninos lhe pedem: *avó, conta estória.* Virgínia sorri. Eles lhe chamam de avó. Como ela se embeleza com aquela palavrinha: avó!

— *Qual querem, meus filhos?*

— *Conta aquela do pai de seu pai.*

Virginha sorri, grata dos meninos se introduzirem em sua

família como se eles fossem tão antigos como ela. Depois, vai soltando lembranças que escorrem como lento óleo. Saltita do português para o makwa, já não distingue sua original versão.

— *Como chamava o mucunha, quem lembra?*

— *Mucunha Curucho*, responde a miudagem numa só voz.

Ela acena, em festa: isso, o senhor Cruz, seu avô, homem frequente em terras do outro lado da montanha. Sua única obra havia sido um farol. Os meninos se disputam, todos querendo mexer na fábula da velhinha.

— *Mas esse farol dele, afinal vavó? Se o mucunha vivia lá nos interiores, onde mar nem chega...*

— *Não acreditam?*

Ela amuada, se desliga. As crianças lhe entregam mimos, rogam para que prossiga. Ela, nada. Por fim, eles aceitam a verdade dela. Sim, um farol. Um, próprio. Seja perto ou longe do mar, quem proíbe os faróis de nascerem onde bem entendem? Pois, esse farol: desempregado, nem de vista conhecendo nenhum barco.

— *E para quê o mucunha precisava um farol dele?*

Era promessa que ele jurara da vez que sobrevivera a um naufrágio. No enquanto da estória, o dito avô ia perdendo o nome, saltitando de morada e profissão. As falas de Virgínia não se acertavam. Os meninos, por vezes, corrigiam: *o mucunha Curucho, não esqueça vavó.* Mais Virgínia repete os contos mais a verdade se resvala: o avô Cruz de olhos louros, hoje; amanhã um negro de rosto carapinhoso. A criançada nem se importa. Verdade, em infância, é um jogo de brincar. Em redor da anciãzinha, os miúdos sempre folgam, sem desilusão. Com gesto largo, ela pede menos barulho. Deixassem chegar, audíveis, as ordens de Deus. Que Ele é quem mandava os viventes descansarem.

— *Vocês com vosso barulho nem me deixam ouvir a ordem Dele. Se calhar, até já me mandou descansar, nem dei por isso...*

Terminadas as estoriazinhas, a velha leva a criançada ao poço. Vão em excursão, passarinhando. Chegados ao pátio vizinho, Virginha repete o mesmo ritual: pede aos meninos que lancem uma pedra no poço.

— *É para ver se ainda tem água, vavó Virginha?*

Ela não responde. Pega numa pedra e atira na boca escura da terra. Lá, do fundo húmido, responde um lamento. Depois, sobe um canto, tche-tche-tchém. É um barulho, surdimudo, que vai crescendo.

— *O que é isso, vavó?*

— *É a água chorando.*

— *E por que chora?*

— *A água chora com pena de uma viúva que perdeu seu marido, vítima de maldição.*

— *E essa viúva quem é, vavó?*

— *Não sei, meus filhos, essa mulher parece já morreu, faz conta foi há tantíssimo tempo.*

Eram as palavras dela fechando o dia.

Pouso os cadernos e espreito a portuguesa. Vou refazendo a velha Virgínia enquanto ela, alheia e distante, está no outro lado da estrada, à mão de semelhar. Está tão perto que não resisto a me chegar mais, ouvir sua voz cheia de tempo. Atravesso a estrada, desobedeço das instruções de Quintino. A velha só quer ser visitada por infâncias? E se eu me mostrar criança, quem sabe ela me aceita? Estou quase junto a ela, chamo por seu nome. A velha levanta o rosto, fresteja os olhos para me enfrentar.

— *Quem tu és?*

— *Sou Kindzu. Quero falar com a senhora...*

— *Falar?*

— *Quero saber de Gaspar. Se lembra dele, Dona Virginha?*

A velha se alheia, passa os dedos pelo rosto em exame das minúcias. Toca os lábios e depois, tirando a língua de fora, pergunta:

— *Vês a minha língua?*

— *Vejo. Porquê?*

— *É que a minha língua está a aumentar de tamanho.*

Ri-me, inesperado. Séria, ela argumenta: *a tua língua também há-de aumentar quando fores velho. Ou será que é o resto da cara que diminui com o tempo?*

— *Não lembra, Farida?*

— *Com a língua assim não posso lembrar nada.*

A velha brincava-me. Então me excedi, em altos tons. Falei em desordem, com pronúncia que me vinha do peito. Disse tudo. Que vinha por causa de Farida, tinha sido ela que me pedira que procurasse seu filho dela.

— *Não diga que não se lembra de Farida. Não posso acreditar que tenha esquecido.*

Dona Virgínia bastante se admira com meus modos, me puxa pelos braços para dentro de casa. Está com nervos na flor da pele. Me ordena silêncio, enquanto segredeia:

— *Não posso falar aqui.*

— *Porquê?*

— *Senão esta minha casinha se enche de fantasmas.*

— *Falamos onde, então?*

— *Vamos para minha antiga casa. Me faça uma coisa, entretanto: me chama de vovó. Para eu lhe ver como uma criança.*

E fomos ao passo lento de Virgínia. No caminho ela me confessa seu medo: nunca tinha regressado ao velho casarão. Por isso, quando chegamos prefere não entrar. Ficamos os dois nas escadas da moradia colonial. Sentamos nos degraus. Virgínia recorda seu cruzamento com Gaspar, o menino de Farida. Lembra uma incerta manhã, alguém batendo em sua janela:

— *Vavó: está um menino morto no seu quintal.*

Virgínia acorreu às traseiras e viu um corpo estendido entre os capins. Não estava morto. Apenas dormia, exausto. Ela confirmou que o menino ainda estava vivo mas não o apanhou nem amparou. Foi buscar uma pá e atirou-lhe com terra, enquanto dizia:

— *Morre, meu menino. É melhor morrer-se, enterradinho, que ficar aqui. É que esta vida não dá acesso aos meninos.*

As outras crianças chegaram e lhe viram sepultando o vivo. Se intrometem, suspendendo a intenção da velha.

— *Vavó, deixe ele viver! Só um bocadinho!*

— *Para o quê?*

— *Para ele nos contar a estória dele.*

Virginha duvidou, mas concorda. E assentaram. O intruso que se mantivesse e repousasse até se recompor da palavra. Que eles andavam carecidos de novidades, dessas que vale a gente acreditar. Os meninos e a velha se conluiaram: *nós lhe curamos e alimentamos e depois matamos, ninguém mais vai pôr ouvidos na narração dele. Fica estória só nossa.* E se ajustaram:

— *Lhe guardamos no poço, amarradinho para não fugir.*

O poço estava seco, devido da ausência das chuvas. Levavam-lhe comidas, lhe trocavam os trapos já molhados e fedorentos. Outro qualquer teria esvanecido. Mas Gaspar era constituído, moço de suar e ressoar. Mesmo dentro do húmido poço ele foi ganhando forças, sua pele se rebrilhou. Quando, de noite, lhe tiravam das funduras ele se mantinha calado, dobrado e vincado. Os meninos, olhos cheios, punham nele toda a expectativa. Mas ele demorava a soltar a voz.

— *Vão ver é mudo.*

Desencadearam-se então grandes chuvadas, dessas de encher todos os mares. Virgínia pensou no poço, Gasparzito no fundo. Os meninos foram com ela ver se a água já cobrira o buraco do poço. Ainda não. A chuva torrenciava, quase nem se via um palmo mesmo em noite de lua plena. Espreitaram, nada viram. Escutaram: só o timbiliar das gotas no fundo. Já se retiravam quando uma voz lhes chamou. Era Gaspar que gritava. Tinha-se decidido a falar. Foi uma geral exclamação, um plenário de alegrias. A velha ordenou que juntassem forças e, no puxar-junto, retiraram o miúdo do poço. Estava encharcado, tremia dos pés aos cabelos.

— *Tenho frio*, foi a primeira coisa que disse.

Deram-lhe um agasalho e ordenaram: *conta, conta uma estória*. Fizeram uma roda à volta dele. Um dos meninos endurou um dedo e avisou:

— *Ai de ti se não gostarmos da tua estória.*

Gaspar começou a medo. Contou a sua vida, sem esconder detalhe. Desfiou prosa por tempo. Quando se calou a chuva tinha parado. Os miúdos se entreolharam. Não tinham gostado, era uma estória triste. Nos dias de hoje, quem quer fantasiar desgraças? Um coro de estridências se levantou clamando para que o contador fosse punido. E que fosse castigo de peso, para aprender no curto resto de sua vida. Relançado no poço e coberto de pedra, sugeriam uns. Outros simplificavam: seja enraizado na horta da avó, volte-se ao princípio da vontade dela. Enquanto os ânimos se enroscavam um silêncio se foi compondo. Todos esperavam a sentença de Virgínia. A velha, contudo, parecia desértica, abstasiada. Os olhos duravam mais que uma tristeza eterna, tanto que doíam de serem vistos. Com um gesto vasto mandou que a meninada se afastasse.

— *Deixem-me ficar sozinha com ele.*

As crianças, surpresas, obedeceram. Saíram pelo escuro, pés lentos de contrariedade. A velha enfrentou o jovem, sem nada pronunciar.

— *Não posso ir, eu também?*, perguntou Gaspar.

— *Não.*

— *Porquê?*

— *Porque tu és meu filho. Teu pai foi o meu falecido homem, tu és quase-quase do meu sangue.*

A velha se ergueu e sacudiu a capulana. Passou o pano pelos ombros do miúdo e lhe disse:

— *Vem, vamos para nossa casa.*

Sentada no degrau de sua antiga casa, Virgínia ajeita o agasalho, resguardando-se do cacimbo da noite. Parou de falar, deixa pelo meio a narrativa. Está preocupada com alguma coisa, não sei qual.

— *E depois, vovó, o que aconteceu?*

— *Esse menino ficou só uns dias em minha casa. Depois, fugiu ninguém sabe para onde.*

— *Ele sabia de tia Euzinha?*

— *Sabia. Se calhar foi ter com essa tia.*

A portuguesa aponta para uma grande mangueira. Era aquela a árvore em que ela e Farida se sentavam lendo as cartas. Seus olhos estão carregados de saudade. Súbito, Virgínia me manda calar.

— *Shuut, vem aí alguém.*

Não ouço nada. *É um espírito*, diz a velha. Não. Não é alma nenhuma. É o administrador da localidade, o próprio. É ele que vem vindo, escondido pelos atalhos. Virgínia se interroga, em sussurro. O que vinha ele ali fazer, a uma hora daquelas? Resposta que só tive mais tarde quando Quintino me contou a verdade dos acontecimentos. O que se passava sem que eu nem Virgínia soubéssemos eram atribulações que agora posso descrever.

Disfarçado na escuridão dos trilhos, o administrador Estêvão Jonas desconhecia o fim da sua pressa. A mensagem lhe chegara por vias atravessadas. Fora o tal Quintino que lhe trouxera o recado. Dizia que ele, o camarada-em-chefe, se deveria conduzir para casa do falecido Romão Pinto, residência igualmente falecida por nela só habitarem as vozes dos malquistos.

Chegara ao pátio da velha casa. As árvores se sujeitavam às mágoas da ventania, que o vento nunca se levanta contente. Os cães uivaram, o administrador estremeceu. Por que razão aqueles bichos se intransigem em noites que tais? Será que o cão escuta um outro uivo na lua? Estêvão Jonas tossiu alto, mais para se confirmar, esmaltado por fora mas alcatifado de medo por dentro. Naquele instante, ele tinha mais freios que dentes. Avançava colado nas paredes, forrado nelas como o deslizar de uma sombra. Num repente, saltou em danado susto. De dentro do casarão chegaram estrondos de madeira, caixas batendo em todos os sons. Havia alguém roubando as heranças do malvado colono?

Por momentos, pensou que o atinado seria chamar o seu miliciano. Não por motivo de medo mas derivado da conceituada importância da sua sobrevivência. Nesse vai-que-vai reconsiderou. Afinal, o mensageiro tinha sido claro: ele teria que se apresentar sozinho, mais ninguém deveria saber.

Estava na soleira de um adiado passo quando as portas se abriram de chofre e eis que, visão dos infernos, apareceu o falecido Romão Pinto carregando às costas o seu próprio caixão. O administrador disparou numa correria, trepando arbustos, galgando pedras, para além das humanas velocidades.

Estrumando-se numa valeta próxima ele se extinguiu, escuro no escuro. O defunto se aproximou e não esteve com medidas:

— *Levanta-te e ajuda-me a carregar esta merda deste caixão.*

Estêvão não tinha boca para tanto espanto. Porém, ainda acumulou força para responder:

— *Não sou um qualquer de carregar.*

— *Não és o quê? Deixa-te de calcinhices e agarra mas é desse lado. Vá!*

Estêvão mediu as condições, aplicou as mais dialéticas análises, segundo os sábios ensinamentos do materialismo. Podia ele enfrentar um fantasma? O melhor seria aceitar o sem-remédio da circunstância. E oferecendo as costas, levantou a caixa. O colono, enquanto caminhava, lhe explicava: o caixão era para oferecer ao povo. Todos dão donativos aos pobres. Aquela era a sua solidariedade. Desperdício seria a coisa ficar ali, simples caixão-de-correio entre vida e morte.

Arrumaram o desocupado féretro na arrecadação. Com um empurrão o antigo colono fez sentar o administrador. E conversaram até madrugada. Que falaram? Ninguém sabe o certo. Mas parece que o Romão deitou muita dúvida sobre o futuro de Estêvão. Naquele regime que segurança tinha o futuro? Amanhã ele recebia o devido pontapé nas partes adequadas e ninguém mais se lembraria dele. O moçambicano ripostou, quisesse o estrangeiro ensinar o Padre-Nosso ao vigarista.

— *Eu tenho os meus esquemas, Romão. Não pense que somos burros, como sempre vocês insistiram.*

Esquemas, qual o quê. Uns negócios de tigela furada, coisa de pouco brilho. Umas cervejitas de lata amontoadas no passeio? O colono roubava o lustro da iniciativa do administrador. Naquele solene assento, o português lhe prometia coisa grossa, choruda. A ideia sendo a seguinte: que ele mesmo, óbito reconhecido, ainda por cima carregado de raça e nacionalidade, não mais podia reaver seus antigos negócios.

— *Já bastava ser branco, ainda por cima portuga. Agora, tudo isso e falecido é que não vale a pena.*

Necessário seria que Estêvão despachasse assinatura mais

seu rosto devidamente originário à frente do empreendimento e os cordéis correriam que nem saliva em boca gulosa.

— *Mas e o capital?*, se entusiasmava o administrador.

Esse o problema. Havia dinheiro, fora e dentro. Bastante, mais até que bastante. Mas do falecimento em diante, tudo passara para o nome de Virgínia, a tonta viuvinha. Estêvão Jonas lançou a risada:

— *Nós tendo-lhe pena e, afinal, a velha cheia da mola!*

Romão bateu na parede: sim, a maldita estava podre de rica. A dúvida que permanecia era se ela estava mesmo esmiolada, na posse de suas plenas fraquezas? Porque havia que a convencer a assinar uns cheques, movimentar as massas de bons modos.

— *Mas ela está doente, Romão.*

— *Ou faz-se?*

— *Não sei. Uma coisa é certa: temos que cuidar dela, a velha não pode pifar-se.*

— *Mas a gaja está assim tão velha?*

— *Na pele dela já há lugar para mais nenhuma ruga.*

E os dois se acresciam do valor da idosa senhora branca. Ela não se podia apagar, havia que proteger a assinatura das papeladas bancárias. Entretanto, se arranjaria maneira de a convencer. Combinaram as necessárias políticas: Estêvão Jonas devia seguir uma política de ofensa e ofensiva. Deveria manter aceso o assunto da raça, proclamar os privilégios da maioria racial.

— *Mas dessa maneira lhe prejudico, Romão.*

— *Ao contrário, meu caro sócio.*

E justifica: assim ninguém desconfiaria do pacto feito com um branco. O português parece ter meditado no assunto em sua estada pela inexistência. E desenrola mais conselhos:

— *Dás umas discursatas contra a brancalhada. Só para disfarçar.*

Para não chocar nas vistas, até dava graça. *Um regime ganha validade, caro Estêvão, é quando contra argumentos não há factos. Mas uma coisa devemos acertar: o povinho discursa lá nas banjas mas decidimos nós é aqui, neste mesmo lugar, compreendes, Estêvão Jonas?*

Não há mais nada para ninguém, o diabo seja bruto e cego. E falemos baixinho que as paredes têm mais orelhas que o elefante.

E o morto reentra na obscura casa. Estêvão Jonas fica a vê-lo a extinguir-se. Seu sorriso é o de um vencedor. Ainda há pouco ele se acobardava. Agora, o dirigente goza um sentimento de comando que há muito não experimentava. Lá na administração não passava nenhuma das rédeas que faz mudar o destino. E é assim, confiante que nem estátua de herói, que apanha o maior susto. Carolinda, sua bela esposa, lhe surge entre escuros arbustos.

— *Que veio aqui fazer, Estêvão?*

O administrador, tartamudo, se desculpa: que nada, se tratava de um passeio digestivo para temperar o estômago.

— *Onde está a mulher com quem você se encontrou?*

Estêvão Jonas ri, aliviado. Então é isso? A esposa, sempre alheia e abstraída, acredita que ele se veio encontrar com uma amante? O dignitário sente-se orgulhoso. Os inesperados ciúmes da esposa lhe levantam a crista, galo subitamente galante. E tranquiliza a esposa, lhe conta o sucedido, acordos e sociedades com o pseudofalecido. Pior foi a emenda:

— *Agora te apanhei, Estêvão. Você está combinado com os antigos colonos.*

— *Combinado como?*

— *Sempre eu dei o nome certo à tua função: você é um administraidor!*

Afinal que moral era a dele? O administrador contrargumenta: *ninguém vive de moral. Será, cara esposa, que a coerência lhe vai alimentar no futuro?*

— *Você, Estêvão, é como a hiena: só tem esperteza para as coisas mortas.*

— *Essas suas palavras já são canto de sapo.*

— *O povo vai-te apanhar. Não voltas mais a esta casa, senão te denuncio.*

— *Como não volto? Agora eu e Romão Pinto temos negócios, somos sócios. Tenho que vir aqui. Ou não diga, mulher, que quer que ele vá até lá na administração?*

Carolinda lhe avisa: ele estava a subir a árvore pelos ramos. A bronca quando viesse era para valer. Afinal um bruxo é apanhado por outro bruxo.

— *Não sabe, Estêvão? Casas juntas, ardem juntas.*

O administrador lhe pede que ferva baixinho, ainda vinham parar ali indevidas curiosidades. Paternal lhe aconselha bons sensos: ela era esposa de um africano, devia beneficiar de estar calada, subordinadinha. Devia até ficar contente pois a riqueza que viesse seria para dividir pela família e os parentes dela se vantajariam também.

— *Não quero esse dinheiro. Nem minha família aceita dinheiro sujo. Você há-de pagar essa traição.*

— *Mas Carolinda, se acalme. Isto são contradições no seio do povo...*

— *Vá-se embora, Estêvão. Eu não lhe quero ouvir.*

— *Tem que me ouvir.*

— *Vá-se, senão eu grito, grito até isto se encher de gente.*

O administrador se retira com alguma pressa. Antes de desaparecer no escuro ainda olha para trás e se admira com o tamanho da sombra de Carolinda. É uma sombra enorme que se projeta no enorme casarão. Se o administrador, antes de retirar, tivesse posto menos medo e mais atenção teria visto Virgínia se erguendo nos degraus da escada. Chamei a sua atenção. Virgínia, com um gesto, me faz sentir que não há perigo, Estêvão já ali não está. Ela anuncia sua retirada:

— *Já vou. É hora de dar comida aos meus sapos.*

— *Eu vou consigo, lhe faço a companhia.*

— *Não, eu não quero que você seja visto comigo.*

— *E porquê?*

— *Não esqueça eu sou uma velha tonta, não falo com gente crescida. Só mereço confiança das crianças. Sabe o que ando a adivinhar? Que o Romão quer que eu assine papéis autorizando dinheiros. Como é que posso assinar um papel? E dinheiro, eu sei o que é dinheiro? Não faço nenhuma ideia. Me entende, Kindzu?*

Sim, agora eu entendia as extravagâncias da portuguesa. A dita loucura dela era seu refúgio mais seguro. E lhe fiquei a olhar enquanto ela se despedia pela estrada escura. Carolinda escutara nossas vozes. Se aproximou, desconfiada.

— *Afinal, é você?*

Me levantei e lhe acariciei os braços. Ela se anichou, com um estremecer de ave. Mas depois, se endireitou, retificada:

— *Não podemos ficar aqui. Meu marido me desconfia muito.*

— *Vamos para onde, então?*

— *Vamos para dentro de casa.*

Me arrepiei. Neguei com tanta determinação que ela sorriu: será que eu acreditava em ressuscitação de falecidos? Eu queria justificar as presenciadas visões que tivera mas ela nem deixou que falasse. Que estava certo, disse. Ficássemos ali mesmo, em plena escadaria. Sentámos em degraus consecutivos, ela se encostou em mim. Um volume em meu bolso me chamou a atenção. Era o colar que Carolinda esquecera da primeira vez que fizéramos amor. Balancei o fio em frente de seus olhos e perguntei:

— *Se lembra disto?*

Ela riu. Se lembra dos momentos na cadeia quando ela me libertou. E lhe chegam as palavras de despedida total, o seu desejo de que eu me tornasse inatingível. Mas eu ali estava, mais possível que nunca. E ela se esfrega com doçura no meu peito. O seu perfume me recordava o odor da sura, uma antiga embriaguez que me vinha da infância. Quando a beijei, porém, me fugiu um outro nome: Farida! Carolinda, de um golpe, se afastou de mim.

— *Você conhece Farida?*

— *Farida? Não.*

— *Mas me chamou de Farida.*

— *Impressão sua.*

Carolinda pareceu acreditar. Suas costas, contudo, ainda estavam tensas. Aquele nome lhe fazia muito mal.

— *De repente, você me fez lembrar meus dois maridos.*

— *Dois?*

— *Sim, eu já tive um outro que faleceu.*

Então, ela falou de suas mágoas, arrastadas águas que encheram a noite. Estêvão vivia torturado pelos ciúmes. Juntava irrazoáveis razões para acusar Carolinda. Passavam as datas históricas, ele nem tinha tempo para lembrar a comemoração. Mas Carolinda lá ia, envergadinha de cerimónia, prestar homenagem aos heróis da luta pela Independência. O administrador interrogava: será que ela ainda lembrava o anterior, falecido marido? Ele morrera na guerra de libertação, Carolinda era ainda uma menina sem idade. Dizem foi emboscado não pelo inimigo português mas por próprios elementos da guerrilha. Deste então Carolinda ficara suspeitosa, ganhando mania de ver traições em todo lado. A mulher insistia: as palavras de um dirigente devem encostar com a sua prática, afinal onde estão os princípios, a razão que pediram aos mais jovens para dar suas vidas?

Mas aquela desconfiança, no final, tinha razão de ser. Não que houvesse um outro homem na vida dela. Não havia era nenhum. O administrador era uma simples ausência. Carolinda não lhe guardava nenhum afeto. Estêvão era hoje um homem de mando, amanhã seria um pau-mandado. Ela seria ainda sua servente, ele continuaria sem sequer a ver. Carolinda repetia: o casamento dela não fora prematuro. Fora pré-imaturo. Ela era criança, com muito medo e nenhum saber. Estêvão lhe dizia: *não chora, Carolinda. Não sabes a adolescente que dorme com um homem cresce mais depressa?*

— *Eu, Carolinda, estou a fazer a tua idade*, acrescentava.

Mas ela nem queria crescer. Antes de Estêvão chegar, seu único desejo era alguém que a tirasse dali. Matimati era um abafado lugar, uma prisão para seu desejo de sonhar. Carolinda não tivera meninice que se recordasse. Ela queria casar permanecendo menina. Como acontecera, afinal, no primeiro casamento. Se untava de óleos para que a sua pele brilhasse em olhos machos. Mas, ao mesmo tempo, guardava os brinquedos da adolescência. O que ela muito mais queria era ser escolhida, levada daquela miséria. Andava na estrada para ser vista. Mas não parava em nenhuma aldeia para não ser desejada por ninguém daquelas bandas. Estêvão Jonas passou por ali, fardado de guerrilheiro, sacudu às costas. Ela acreditava que aquele homem estivesse de passagem para muito longe, para um mundo invislumbrável. Se ofereceu, dispondo-se a seu agrado. Depois da Independência, ele foi nomeado para chefe da administração de Matimati. Disseram ser coisa transitória. Mas o tempo passava e não chegava nunca a sua transferência. Estêvão nem sequer era dali, não entendia a língua nem os costumes daquela gente. Ele também se frustrava embora nada dissesse. Aceitava porque aprendera a disciplina de obedecer sem questionar. Vendo o tempo passar Carolinda começou a deitar ódio nele. Essa raiva lhe chegava em ondas. Ela queria magoá-lo para que ele despertasse. Fazia-lhe mal porque era uma maneira de ele se mostrar novo, de provar que estava vivo. No mais ele era um mortiço, acanhado de sonhar, medroso de pensar. Estêvão estava cansado de sua militância, exausto por sempre ter que se apagar. Foi então que surgiu na administração uma mulher de nome Farida.

Não era apenas bonita. Sua beleza tocava profundamente Carolinda e lhe fazia um gosto quase de ser homem, poder tocar aquele corpo. Farida vinha ali colocar o caso de seu filho, dado improvável nos matos. Havia centenas de outros casos mas Estêvão pôs naquele uma atenção muito especial. Carolinda, pela primeira vez, sentiu a vertigem do ciúme. Quando tocou o assunto o marido lhe respondeu:

— *Farida lhe irrita? Se calhar é porque é parecida com você.*

O ciúme crescia com gosto em Carolinda. Tanto que a sua entrega na cama se passou a fazer com incendiada paixão. Estêvão se admirava: que se passa consigo, mulher? Mas a tal Farida inesperadamente se retirou de Matimati. Emigrara para um naufragado barco e ali ficara. Aquilo que era simples ciúme se converteu em ódio. O que lhe dava tanta raiva? Era perder o objeto do ciúme? Ou seria inveja da outra estar a caminho de sair daquele inferno? Sim, Farida fugia da pequeninez daquele lugar mesmo que o fizesse pela loucura de embarcar num barco encalhado. Mas sempre era uma viagem, uma saída daquele inferno. Era essa fuga que Carolinda não podia aceitar. Assim, ela se deu a conceber uma vingança contra Farida. Incitava Estêvão a tomar medidas contra o barco, inventando perigos na estada de tal mulher num tal barco. Os homens de Estêvão tinham ido ao navio recolher a melhor parte dos bens? Pois Farida assistira àquele desvio, se preparava para denunciar o caso. Estêvão fingia acreditar e dava desleixadas ordens para que a dita mulher fosse retirada do barco.

— *Então essa é a tal Farida?*

— *Sim, essa é a razão por que fiquei chocada quando você me chamou com o nome dela.*

— *Mas eu não chamei.*

— *Acredito. É minha cabeça que está presa nessa mania.*

Carolinda, de novo, amoleceu em meus braços. Ali nos incómodos degraus do fantasmado casarão, ela estendeu seu corpo com a paixão do fogo e a ternura da terra.

Décimo capítulo
A DOENÇA DO PÂNTANO

TUAHIR MIRA E ADMIRA. Há dias que não se arredam do machimbombo. No entanto, a paisagem em volta vai negando a aparente imobilidade da estrada. Agora, por exemplo, se desenrola à sua frente um imenso pantanal. O mar se escutava vizinho, a mostrar que aquelas águas lhe pertenciam. O velho se dirige ao miúdo:

— *Quer ver o mar, não é?*

— *Muito, tio.*

— *Então, vamos embora.*

E se fazem por caminhos de matope onde crescem as árvores do mangal. Atrás vai ficando a residência de chapa e cinzas, posta na estrada como um monumento de guerra.

— *Quer ver o mar por causa do quê?*

O jovem nem sabe explicar. Mas era como se o mar, com seus infinitos, lhe desse um alívio de sair daquele mundo. Sem querer ele pensava em Farida, esperando naquele barco. E parecia entender a mulher: ao menos, no navio, ainda havia espera. Por isso, ele enfrenta aquela marcha pelo pântano. Chapinham numa imensidão: lodos, lamas e argilas fedorosas. A caminhada iria durar os seguintes dias.

Logo na primeira noite os sentem. Os mosquitos. São grandes, negros, zunzumbentes. Não mordem, apenas. Entram no sangue e ficam chiando lá dentro.

— *Merda de mosquitos!*

Muidinga vai reclamando. O velho Tuahir lhe admolesta: *não se chateie, miúdo*. E lhe lembra:

— *Foi o mosquito que construiu o pântano. Também, dentro de nós, o mosquito pantaneja, podrecendo nossas águas.*

São tão picados que, ao despertar no seguinte dia, Tuahir

tem as orelhas feitas num dobro. Não tarda a que lhe apareçam as febres. Seu corpo se cinzenta, os dedos se tornam asmáticos. Ele teima:

— *A febre não é derivada dos mosquitos. É o canto desses pássaros que me faz quenturas.*

— *Quais pássaros?*

— *Você não lhes viu, esvoando por aí?*

Muidinga não lembra ter avistado nenhumas aves. Quer dar cuidados ao seu companheiro. Mas o velho não aceita. Tem tanta febre que, posto nos charcos, faz ferver a água. O pântano em volta, sempre igual, faz perder as direções. Estão perdidos, cansados. Sentados num tronco, esperam nem se sabe o quê. *Devíamos ter ficado no machimbombo*, comenta Muidinga.

— *Foi você que queria ver o mar*, lembra o velho.

O velho treme tanto que suas palavras se desconexam. Depois, se calam ambos. À volta, se escuta apenas o silêncio pingando. Tuahir, porém, ainda guarda algumas forças. Sobe num ramo alto e se pendura de cabeça para baixo. Muidinga se admira ao lhe ver morcegando. Mas ele lhe sossega: era hábito da infância. Seu sangue era fraco e a mãe o deixava amarrado pelos pés no teto da casa.

— *Sabe o que você vai fazer agora? É. Você vai dar voltas por aí e deitar susto nas aves da má sorte, essas que me estão trazer febres.*

Muidinga parte então pelo lamaçal. O mangal, afinal, não se cansa em repetida monotonia. A paisagem se vai desembrulhando em novidade, seus olhos se estreiam naquela água. As garças flutuam como lenços brancos em fundo de cinza. Suas plumas, sem outro serviço que a beleza, penteiam a alma de Muidinga, como se lhe trouxessem a carícia do sono. Por cima do voo as brancas aves parecem meditar, seu peito sério, quase petulante. Seus gestos são de ensaiado bailado. Nem a fome lhes dá pressa, a caça se cumpre sempre mediante vagares.

Na margem das águas mortas, Muidinga olha as aves se afastando. Para além se estende o rasteirinho capim, emergindo muito verde por entre o solo escuro. Por entre os arbustos lhe chega o lamento de uma xigovia, essa flautinha feita em fruto da ncuacueira. Era um pequeno pastor que se aproximava. Ao vê-lo o pastorzito se assusta. Deve pensar que Muidinga é um saltinhador do mato. Muidinga o chama e se apresenta. Timiudamente, despontam os primeiros fios de conversa e os dois se vão confiando. Muidinga pede que o pastor toque a xigovia. E fecha os olhos, pronto a ser encantado.

— *O senhor está dormitoso?*

O pastor lhe sacode, aflito. Muidinga sorri, pedindo que comece. Mas o outro continua receoso. Diz que já tinha visto muitos adormecerem definitivos, ao som da flauta. Não quer que seu visitante vá muito longe, embalado no esvoar da mente. Em vez de xigoviar diz preferir contar uma história, verdadeira, passada consigo, naqueles mesmos pastos.

— *Conta lá, então.*

— *Semana passada faleceu um boi, cujo esse boi era o maior de todos.*

Assim desfia o menino seu relato. Havia, entre sua manada, um muito triste boizarrão. De manhã até de noite o bicho boiava em rasteira solidão, esquecido de si, dos capinzais e das obrigatórias ruminações. Seus olhos felpudos seguiam todas distrações. Tudo lhe era pretexto, fosse o estremecer de uma sombra, fosse o farfalinar de uma borboleta tricotando seu voo. O pastorzinho se agastava: que doença estaria a consumir o animal? E se decidiu a segui-lo, de luz a lés. Foi então reparou que o bicho se prendia na visão de uma dada e considerada garça. A ave pernalteava-se, se juntava às nuvens, suas gémeas: sempre e sempre a atenção do boi nela se centrava. O ruminante se imobilizava, impedido. O pastor chambocava o bovino a ver se ele manadeava. O varapau, vuuum-ntáá, estalava nos costados. Nem valia a pena. Pois ele sacudia os lentos cornos e seguia, de impossível, impassível.

Sem nenhum comer, o bicho definhava-se. O pastor nem sabia como explicar a seu tio, dono da criação. Certa noite, ao juntar suas migalhas, o pastor viu aquilo que duvidava de contar. Pois que o boi esticava o pescoço para a lua e declamava mugidos que nunca foram ouvidos. De repente, se agitou todo seu corpo, o bicho parecia estar em parto de si mesmo. De sua garganta se afilaram os gemidos que se foram vertendo, creia-se, num cantarinhar de ave. Às duas por uma, ele começou a minguar, pequenando-se de taurino para bezerro, de bezerro para gato chifrudo. Em violentos arrepios se sacudiu e os pelos, aos tufos, lhe foram caindo. No igual tempo lhe surgiam plumas brancas. Em instantes, o mamífero fazia nascer de si uma ave, profundamente garça.

O recente pássaro, então, percorreu o redor, procurando não se sabe qual quê com seu olhar em seta. Até que, de súbito, se vislumbrou uma outra garça, essa mesma que lhe fazia, enquanto boi, demorar o coração. E o transfigurado mamífero acorreu em volejos, se chegando à autêntica ave. Dançou em repentinos saltos, as pernas de nervosa altura, como se estivessem ainda a soletrar os primeiros passos. A terra parecia demasiado pesada para aquele habitante dos céus. Ali ficaram os recíprocos dois, em namoros despregados, soltando brancas fulgurações.

O pastor se garantiu que assim acontecia todas as noites de luar cheio. No roçar da aurora, o boi regressava à condição de tristonho quadripedestre. Sucedeu um ano, contudo, que por meses seguidos, a lua teimou em não sair. Por tempos consecutivos, as noites se velaram, escuras, viscosas. O boi percorria as noturnas horas se mantendo boi, mugindo como as acabrunhadas xipalapalas. Morreu na trigésima noite. O pastor assistira a sua lenta agonia e jura ter visto lágrimas deflagrando nos redondíssimos olhos do bicho.

O menino suspende o relato, uma angústia lhe prende a voz. Muidinga não sabe como reparar aquela falta em seu companheiro de ocasião. Lhe faltam palavras, lhe fogem as entrelinhas. Então, tira de si o amuleto que o protegia dos maus espíritos, prenda de Tuahir. Afinal, trocam magias. Aquela suave estória, concedendo leveza a um apaixonado bovino, soava como uma dádiva de magia.

Se faz tarde, Muidinga se despede do pastorzito, regressando ao lugar onde deixara o companheiro doente. Tuahir se desprendera da árvore e treme. Ele tinha concebido um plano: juntariam uns paus de mangal, improvisariam uma jangada para fugir pântano abaixo. O miúdo tinha razão, admitia. Talvez na praia encontrassem gente, barcos, viagens.

— *Mas você não tem força para nada, tio Tuahir.*

Tuahir então apontou para a margem: ele já juntara os paus e os amarrara no jeito de barcaça. Nesse poente, os dois partem naquela jangada. Muidinga remava. Se recorda de Kindzu em suas aventurosas viagens. A tremeluzente voz de Tuahir se faz ouvir:

— *Se eu falecer aqui não me enterre no matope.*

— *O tio não vai morrer.*

— *Você não sabe nada. Vou-lhe dizer: quem morre enterrado no lodo se transforma em peixe.*

— *Está bem, não lhe enterro. Se um dia o tio morrer faço como fizeram com Taímo. Lhe deitamos na água.*

O velho sorri e se enrosca em si, como se procurasse um ventre. Depois adormece. À medida que a jangada avança no mangal o miúdo vai medindo o quanto afeto guarda por aquele homem. No fundo, o velho foi toda a sua família, toda a sua humanidade. A jangada escorrega pelas lisas águas até desembocar numa margem onde a areia branqueja. Nítido se escuta o rugido do mar.

— *Escute: é o mar, o autêntico mar. Já estamos perto, tio.*

— *Oh, esse mar já escuto desde que chegámos lá no machimbombo.*

Cada vez mais a voz de Tuahir se esfuma. Em auge de arrepios, o velho pede carinhos de mão e de peito. Não era requerer de doente mas de esposa. Muidinga lhe ajusta a manta na esperança que ele caia em sono. Porém, Tuahir lhe surpreende as mãos, juntando-as a seu rosto. Pede ao rapaz que se deite juntinho a si, para ganhar quentura. O velho levanta a sua manta, abrindo espaço para que Muidinga se ajuste. O rapaz se deita, constreito. Dois medos em si se juntam: o de tocar em Tuahir e o de se estar deitando com a morte. Maneirosa, a mão do outro lhe desvanece uma ruga que teima em seu rosto. Longe se escuta o assobio da xigovia.

Décimo caderno de Kindzu

NO CAMPO DA MORTE

VIRGÍNIA NÃO PODIA ME LEVAR ATÉ AO FILHO DE FARIDA. Porque aquele estado de fantasia em que havia entrado era sem retorno. Ela se refugiara onde nunca mais nem mortos nem vivos lhe pudessem encontrar. Me recordei dos conselhos da minha infância. Me diziam: *você, miúdo, faça como o galo que mostra as penas do rabo. Quanto mais belas as penas, menos você cai na panela.* Virgínia exibia os coloridos sinais da loucura. Assim, ninguém mais dela se recordaria.

A mim restava-me procurar. Acordei Quintino e lhe pedi a urgência de me guiar até Euzinha. A tia de Farida era a última hipótese de receber um conselho de como descobrir Gaspar. E eu sentia já o aperto da saudade por Farida. Quintino esfregou os olhos e me pediu esclarecimento:

— *Você deve escolher, irmão: quer encontrar os naparamas ou a tal criança?*

— *Quero as duas coisas.*

— *Deixe isso dos naparamas. Vamos mas é procurar essa criança.*

Nessa mesma tarde partimos à procura do campo de refugiados onde estava tia Euzinha. Andámos horas seguidas, em consecutivo cansaço. Até que chegámos a um monte cheio de penedias. Vendo como eu estava esgotado, Quintino decidiu prosseguir sozinho. O campo estava próximo, eu que ficasse a repousar nesse intervalo. Quintino partiu levando o meu cantil para o trazer cheio quando regressasse. Fiquei na sombra, remoendo um desejo: já não era a luta, os naparamas que me davam alma. Eu queria simplesmente adoecer, ansiava uma doença que me apagasse toda a paisagem por dentro. Queria receber essa doçura que a doença sempre tem. Me encostei a um tronco, a casca me almofadando o rosto, na espera de ouvir a seiva da terra. Mas a árvore onde eu me frescava era uma terrível e ossuda planta: a árvore do demónio. Era uma dessas plantas que chora como a serpente, um lamentochão que atrai gentes e bichos. Só então reparei: o terreno todo em volta era branco, areia tão brilhosa que a noite ali nunca deveria repousar. Motivo daquela brancura: todos ossos que dormiam, restos de bichos devorados, esqueletos dos pássaros que caíam já mortos dos ramos da maldiçoada árvore.

Me decidi, pronto, a sair dali. Quando me afastava, porém, das folhas se apurou um maravilhoso canto, de arrastar o sono para o último leito. Quase eu não conseguia um passo, meu corpo pesava séculos. Olhei a árvore e vi o pássaro que, em sonho, meu pai preditara. Era o mampfana, a ave matadora de viagens. Cantava, em chilreinado. Eu me joelhei, clamando pelo meu mais velho. Passou-se tempo, sem nada ocorrer. Meu pai certamente estaria bebendo sura, lá onde não havia polícia a vigiar os alambiques. Chamei mais fundo, toquei os recantos da alma onde cicatriza o nosso nascimento. O velho Taímo não dava sinal de morte.

— *Pai, não me deixe! Eu lhe rezo tanto...*

Então, de súbito, com um deflagrar de trovejo, a ave se rasgou em duas, desmeiada. Caíram suas penas, se esfarelaram suas garras e seu corpo se desconjuntou como se fosse feito só de brasas. Fechei os olhos: uma tontura me percorria. Segurei a catana e golpeei a árvore. Naquele momento, porém, de dentro do tronco, me chegou a voz:

— *Eu sou a última árvore. Aquele que me cortar ficará mulher, se for homem. Se tornará homem, se for mulher.*

Reconheci aquela voz: era a do fantasma, da aparição que me roubou o mundo nas praias de Tandissico. O xipoco me perguntou:

— *O que aprendeste debaixo da casca desse mundo?*

— *Eu quero voltar, estou cansado. Eu agora sei quem és, me ajude a voltar...*

— *O que andas a fazer com um caderno, escreves o quê?*

— *Nem sei, pai. Escrevo conforme vou sonhando.*

— *E alguém vai ler isso?*

— *Talvez.*

— *É bom assim: ensinar alguém a sonhar.*

— *Mas pai, o que passa com esta nossa terra?*

— *Você não sabe, filho. Mas enquanto os homens dormem, a terra anda procurar.*

— *A procurar o quê, pai?*

— *É que a vida não gosta sofrer. A terra anda procurar dentro de cada pessoa, anda juntar os sonhos. Sim, faz conta ela é uma costureira dos sonhos.*

— *Espera, pai. Não vá, eu preciso contar uma coisa. Não vá...*

— *Como é, Kindzu: agora falas sozinho?*

Me assustei, com essa outra voz. Era Quintino que tinha voltado. Me desculpei, à toa. Ele já tinha encontrado o centro de deslocados. Me contou o que vira: milhares de camponeses se concentravam, famintos, à espera de xicalamidades. Esperavam era a morte, na maior parte dos casos. E ele me puxou:

— *Vem, anda ver com seus olhos, nem vais acreditar.*

De facto, era coisa de pasmar a tristeza. O centro se espalhava como ruínas da própria terra, castanhas da cor do chão. Aquela gente dormia ao relento, sem manta, sem côdea, sem água. Se cobriam com cascas de árvores, vegetantes cheios de poeira. No meio da multidão estava Euzinha, a idosa tia de Farida. Nos apresentámos, explicando nossa intenção.

— *Minha sobrinha Farida ainda vive?*

— *Sim, vive.*

— *Afinal?*

Seus olhos se inundam de tristeza. Fica a contemplar memórias doces vindas de dentro dela. Seus dedos rolam uns nos outros, quem sabe ela ainda trançasse os cabelos de Farida? De repente, como um relâmpago me atravessando a cabeça, o colar de Carolinda me pesa no bolso. Há muito que eu desejava esclarecer aquele fardo.

— *Veja este colar, tia Euzinha.*

A velha é como que golpeada pela visão. Se recompõe, fingindo não ter sido perturbada.

— *Quem te deu esse colar?*, me pergunta.

— *Foi uma mulher chamada Carolinda.*

— *A mulher do administrador?*

Admiti com um simples aceno da cabeça. Euzinha sorri. Ela sempre desconfiara. Não era tanto as semelhanças entre Carolinda e Farida. Havia uma outra coisa que ela não sabia explicar. Tinha encontrado Carolinda mas de modo fugaz. Em tanto que esposa do administrador ela visitara uma vez o centro. Disse que voltaria. Não sabia quando, dependia da situação de segurança.

— *Agora me dá o colar de Carolinda.*

Me surpreendi. Por que motivo ela me queria tirar aquela lembrança?

— *Você não deve mexer no destino dessas irmãs. Nenhuma pode saber nada sobre da outra. Carolinda não pode saber eu sou tia dela. Senão, a desgraça lhes vai escolher.*

— *Está certo, eu fico calado*, disse eu, entregando o colar.

— *Mesmo eu penso: há um demónio que está trabalhar na alma de Carolinda.*

Um demónio? E como sabia Euzinha da existência de tal mau espírito? Pela maneira como Carolinda incitava o marido a tomar medidas contra o barco. Era ela que queria que Farida fosse morta. Sem nenhuma razão concreta, sem motivo entendível. O demónio se vingava de não ter sido ela a menina escolhida para a vida.

— *Deixe as gémeas. Se ocupa só de encontrar Gaspar.*

— *Sim. Mas onde posso encontrar esse menino?*

— *Gaspar foi levado para um outro campo.*

A velha nos põe ao corrente: este campo de refugiados costumava ser atacado. Os bandidos sempre raptavam as crianças. Foi assim que se decidiu transferir os jovens para um outro campo.

— *E qual é o campo onde ele está?*

— *Isso não sei. Ninguém pode saber.*

Gaspar, afinal, restava em parte insolúvel. Agora, quem me podia ajudar? Euzinha me aconselhou calma. Eu que esperasse ali, sossegadamente, sem agitar os espíritos. Sua postura tranquila me dava exemplo. Eu me demorei a estudar aquele ser. A velha assentava toda nos ossos: magra, escãozelada. Sua mão nem tinha peso mas ela se cansava quando a erguia. Apontou no meio das improvisadas palhotas. Nós que ficássemos ali por uns dias. Quintino, prontamente, aceitou. De seu saco, retirou uma caixa de rapé:

— *É para si, titia.*

E ficámos ali conversando até ao poente. A velha nos contava os casos do campo. Não se queixava de nenhuma tristeza. Ela já sabia: quem mais sofre na guerra é quem não tem serviço de matar. As crianças e as mulheres: essas são quem carrega mais desgraça. De quando em quando, uma coisa extraordinária lhe acontecia: suas pernas desatavam a arder. Ela parecia nem sentir:

— *É da fome, esse fogo. Já passa.*

Os cabelos estavam vermelhos, desbrilhados. *Minha cabeça já morreu*, disse ela. Seu corpo estava de luto por causa desse falecimento. Olhou em volta, não parecia contemplar um existente lugar. A vida ali se entregava, braços abertos, no regaço da morte. Mais a miséria insistia mais filhos surgiam.

— *As mulheres aqui tiram filhos quando querem.*

Não precisavam estar grávidas, nem respeitar os nove meses. Bastava os maridos mandarem: mulher, deita mais um! E logo saíam mais meninos, prontos para se esfaimarem iguais aos agonizantes. Euzinha dizia tudo aquilo sem se encostar na tristeza. Ela continuou a falar das mães, maneira como elas faziam no campo. Fiquei a saber que havia mães que roubavam a comida dos filhos e, no meio da noite, lhes tiravam a manta que os protegia do frio.

— *Mas, tia Euzinha, uma mãe não pode fazer uma coisa dessas...*

Ela sorriu, negando. Aquilo nem maldade não era. Simplesmente, as mães ensinavam aos filhos os modos da sobrevivência. Eu escutava as palavras da velha enquanto olhava as nuvens se apressarem no alto. Escurecia a olhos não vistos. No campo as sombras se arrastavam. Parecia que aqueles os refugiados moravam era na escuridão.

Nessa noite, nos deitámos no relento. Constatei então que, afinal, ninguém dormia nas casotas. Todos se encaminhavam para buracos escavados nos arredores do campo. As casotas eram um disfarce para desviar as atenções dos salteadores. Os esconderijos ainda ficavam quase longe, ocultos em insuspeitos nenhures. Nos ajeitámos numa dessas covas mas nenhum de nós conseguiu apanhar sono.

— *Na cova quem dorme são as almas*, comentou Quintino.

E nos rimos decididos a dar uma volta pelas imediações. No caminho Quintino se entreteve com uma bela adolescente. Ela estava parada num carreiro, cobria as suas pernas de um óleo brilhante. O luar fazia desenhos em seu corpo. Quintino Massua não demorou a se hospedar nas confianças dela. Ele me fez um escondido sinal para que me fosse retirando, deixando--lhe à vontade. Dei as voltas entre os poucos arvoredos que restavam. Havia uma tranquilidade que era quase impossível num campo de guerra, cercado de morte. Me deitei num solitário buraco, preparando-me para fazer contas com o cansaço. De súbito, me assustou uma sombra.

— *Me disseram que você estava aqui.*

Era Carolinda. Todo eu me estremeci, cativo da surpresa. Eu sabia da possibilidade de ela visitar o campo mas não imaginava que fosse tão agora. Além disso, o que fazia ela no campo? Carolinda começou por confessar suas intenções: estava apenas de passagem. Esperava que uma dessas avionetas que vinham ao campo trazer medicamentos a levasse embora dali.

— *Para onde queres ir?*

— *Vou para a cidade.*

— *E o seu marido sabe?*

— *Não. Ele pensa que só vim visitar o campo. Pensa que regresso amanhã de manhã na coluna.*

— *E Surendra?*

— *O indiano? Ele está na capital a tratar dos negócios. Assane ficou, está reconstruir a loja sozinho.*

Com Surendra longe das vistas, Assane podia disfarçar melhor sua aliança com o asiático. Estêvão Jonas, por seu lado, se interessava em participar do negócio. Mas tinha estranhas hesitações. Como esquisitas eram suas movimentações noturnas para casa do falecido Romão Pinto. Carolinda estranhava o que acontecera com o marido: se aliando com os mortos, seus antigos inimigos e negociando com viventes que se pareciam com tudo aquilo que sempre dissera combater.

Quintino e sua recém-conhecida passam agora por perto de nosso buraco. O meu amigo já tinha encontrado uma garrafa e repartia suas atenções entre a bebida e a mulher. Acenei um adeus enquanto nos retirávamos. Volvida uma distância, Carolinda me segredou:

— *Esse seu amigo não escolheu bem. Essa mulher não é boa nem de sonhar...*

Euzinha lhe tinha falado dela. Se chamava Jotinha, era dona de poderes. Nem os curandeiros lhe tinham dado direitamento. A menina recordava coisas que nunca houveram. Mas punha tanta alma na lembrança que todos se recordavam com ela. Acontecera com o dilúvio dos dinheiros, moedas chovendo sem parar, cobrindo o chão de pratas e tilintações. E todos refugiados se lançaram de gatas, facocherando na poeira. Não fora a única visão de Jotinha, suas miraginações se seguiam sempre contra o regime da realidade. Ela agora prometia outras enxurradas. Mal que trovejava saía correndo, bradando aos sete céus:

— *É shima, está cair shima!*

Os habitantes nela criam e descriam. Fingiam que sabiam ou sabiam que fingiam? Pois todas as noites deixavam as panelas de boca ao relento, viradas para a promessa da farinha.

— *Essa mulher é perigosa. Avisa o teu amigo...*

Sorri, vendo Carolinda se enroscar num suspiro. Estávamos sentados, quase nossos corpos se tocavam. Em cima, as folhas das massaleiras denunciavam a leve brisa. Parecia que os ramos se moviam por força própria, em dança de lua. Nem notámos que Quintino e Jotinha regressavam de seu passeio. Ele vinha já cambaleoso, com bafo de fermento. Jotinha trazia uma ideia: que fôssemos todos dormir numa boa palhota, com teto e abrigo dos bichos. Seguimos a mulher até uma barraca onde se amontoavam sacos e caixas.

— *É aqui que guardam as xicalamidades.*

Dentro não se via um palmo. O espaço era estreitinho, nem sequer nos podíamos deitar completos. Devíamos dormir meio entrançados uns nos outros. Mas sempre era melhor que num buraco ao céu livre. Quintino ainda se sentava e já dormia. Carolinda e Jotinha foram quase instantâneas no pegar dos sonos. Ainda fiquei semidesperto, num ajeitar de descanso, trazendo a alma para dentro do corpo. Já perdia a noção do mundo quando senti um braço me tocando o peito. Me pareceu acidental. Em tal escuridão nem podia ver de quem era o braço. Devia ser de Quintino com o descuido da bebida. Mas depois aquela mão não ficou parada sobre meu peito. Me levantou a camisa e foi caminhando para o sul de mim. Era uma mão de mulher. Com certeza era Carolinda que desejava repetir namoros. Ainda pensei travar aquele braço que me prosseguia para além do umbigo. Porém, me deixei parado, fosse dormido em sono solto. A mão deslizou no escuro e me pegou bem no centro, disposta a brincar no escuro. Quando toquei aqueles dedos eu me duvidei: não pareciam de Carolinda. Eram magros, cobertos de um óleo perfumado. Afinal, Jotinha? Ao princípio, ainda me pesou vergonha. Como poderia eu tocar uma mulher dessas, capazes de desvairadas tresloucuras? Depois, ganhei coragem e, passando por cima não sei se de sacos se de Quintino, me fui achegando à dona daqueles provocos. Aos modos de um desespero, fui desenrolando a capulana em redor daquele corpo sem rosto. Minhas mãos lhe apertaram as coxas, escorredias. Suas nádegas se avolumaram em meus dedos. Mas ela me esgueirava, oleosa e lisa. Já em seu peito meus dedos foram capazes de charruar, sem deslizar: sua pele estava tatuada em redor dos seios. Ali me segurei, fui descendo por seu colo. As tatuagens se espalhavam pela barriga e eu me segurava nelas como o marinheiro se agarra nas amarras do cais. Nunca eu vi dança com tanto corpo como o daquela mulher. Me demorei como jamais. Talvez fosse o contrassenso que me dava sentido:

fazer amor ali com toda a morte em redor. Jotinha (seria realmente ela?) subitamente se derramou em marés, sua carne em convulsão. Seus dedos se prenderam nas sarapilheiras dos sacos, rasgando-os. Grãos de milho se espalharam em toda a parte e senti como se saíssem de mim, como se eu fosse a planta que se esventrava e deixava cair suas sementes.

De manhã, acordei em sobressalto. Uma porta batendo me fez saltar. Farida, pensei. Farida? Por que razão seu nome me surgira em tais sustos e aflições? Uma nesga de luz entrava no armazém. Alguém saíra e deixara a porta entreaberta. Meus olhos ganhavam costume da penumbra e, nesse enquanto, os objetos se foram desenhando. Só eu e Carolinda ainda ocupávamos o casebre. Carolinda estava acordada. De joelhos, observava alguma coisa no chão.

— *Veja, os bichos!*

Em redor dos sacos, milhares de insetos roubavam comida. Os bichos vazavam o armazém com gulas de gigante. Como era possível? Tanto alimento apodrecendo ali enquanto morriam pessoas às centenas no campo?

— *É culpa de Estêvão Jonas, meu marido. É por isso que lhe chamo administraidor!*

Carolinda ardia em raiva. Seu marido tinha dado as expressas ordens: aqueles sacos só poderiam ser distribuídos quando ele estivesse presente. Era uma questão política para os refugiados sentirem o peso de sua importância. No entanto, o administrador há semanas que não ousava arriscar caminho para visitar o centro de deslocados. E assim a comida se adiava.

Quando saí da casinhota doeu-me a luz. Tanto sol, para quê? Preferia que sobre o campo se estendesse a mesma penumbra do armazém. Talvez assim não fossem tão visíveis aqueles braços mendigos que, por toda a parte, se estendiam: estou pedir, estou pedir! Eu simplesmente abanava a cabeça a negar. Mas ninguém acreditava que nada tivesse para dar.

Para me afastar daquelas visões, fui mais Quintino ajudar Euzinha na busca de lenha. Corcomida como estava, ela semelhava os velhos troncos que procurava.

— *Um dia me lenham, por confusão*, brincou ela.

No arvoredo peguei a catana, tentando aliviar Euzinha do peso daquele trabalho. Mas ela, brusca, me arrancou o instrumento das mãos. Nunca poderei esquecer os zangados olhos que me dedicou:

— *Sou eu sozinha que trabalho!*

E a velha golpeou o tronco, por horas suadas. Fazia gestos largos, excedentes. Sua única preocupação era que deixássemos espaço em seu redor. Quando não o fazíamos, ela nos corrigia:

— *Saiem da frente!*

Só já quando atávamos a lenha cortada é que Euzinha explicou aquele seu comportamento: as velhas ali não eram queridas. Sua carga era um indesejado fardo. As de sua idade já haviam todas sido abandonadas. Apenas as que ainda trabalhavam eram suportadas. Por isso Euzinha simulava as mais pesadas labutas. Pediu-nos que nunca a ajudássemos em nada. Prometemos. Ela respirou com mais vagar. Estava tão cansada que o peito se afundava aquém das costelas. Carolinda chegou e se juntou a nós. Ficámos ali os quatro, deitados entre os capins, esperando a velha se recompor. Euzinha se estendera entre mim e Quintino para que ninguém visse seu cansaço. Tirou a caixinha de rapé, inspirou fundo. Carolinda então falou com voz animada. Tinha um plano. Nessa tarde, o campo recebera mais deslocados. Ela os tinha visto chegar, cobertos de cascas de árvores. Com certeza à noite se juntariam todos junto do djambalaueiro e entoariam canções das boas-vindas. O que faríamos nós era aproveitar o momento para distribuir aquela comida que dormia no armazém. Quintino até saltou, contente da ideia. Mas Euzinha nos olhou sem transtorno, talvez meditasse em nosso sentimento. Depois, disse:

— *Muitos daqui sabiam que havia comida. Eu sabia. Mas nada não fizemos. Parece já temos vontade de morrer.*

— *Isso é da fome*, disse Quintino.

Euzinha deixou escapar um sorriso triste. Nos fez sinal para regressarmos ao campo. Ao chegarmos junto da grande árvore do djambalau nos chamou atenção um zunzunar, coral de vozearias. Os deslocados se juntavam à volta de uma fogueira. Havia ali grande confusão. Euzinha se foi inteirar da situação. Instantes depois ela voltou com uma versão do milando:

— *Há grande problema. É que esta manhã, quando as crianças acenderam o fogo, as panelas começaram logo a rachar.*

Não entendi. Tia Euzinha, agitada, entornava o rapé mais fora que dentro das narinas. Puxei Quintino para o lado, preferi trocar esclarecimento com ele.

— *E então, mano? O que se passa?*

— *Se as panelas começaram a rachar é porque alguém andou namorando esta noite.*

Quintino me explicou: num lugar novo, como aquele, ninguém pode fazer namoros, nos primeiros tempos. Para os que chegavam, aquele campo era recente, cheio de interdições. Violar essa espera iria trazer grande desgraça. Agora, os velhos do centro queriam saber quem foram os autores da desobediência. Desconfiavam-nos. Muito-muito de Quintino. Lhe tinham visto com Jotinha, conversando noite afora. Carolinda ralhou com o meu amigo:

— *Mas você também, Quintino. Aquela era quase uma menina.*

— *Era uma mulher, já tinha idade de pilar o milho deitada.*

E riu-se. Quintino não tinha jeito para ser sério, homem de alma averbada. Eu meditava comigo mesmo. Afinal, Carolinda me evitara por causa da tradição? Só agora entendia os modos fugidios que ela usara na noite anterior. De alguma maneira, aquela versão me confortava. Euzinha deu ordem para que Quintino procurasse Jotinha e lhe avisasse dos riscos que corria. Carolinda se interpôs, para minha surpresa.

— *Quem deve ir és tu*, disse ela me apontando.

Como? Teria ela sentido, no escuro do armazém, que tinha sido eu a trocar amores com a desmiolada? Foi Quintino que pediu explicação das palavras de Carolinda.

— *É que não convém vocês os dois serem vistos de novo. De Kindzu ninguém tem desconfiança.*

Aliviado, me adiantei a sair dali. Encontrei Jotinha junto dos arbustos espinhosos que fronteiravam a aldeia. Me segurou com força as mãos e me chamou a lembrar não o passado mas o porvir. O que ela via? Via uma menina saindo da aldeia, manhã cedo, a luz enramelada. Essa menina, afinal, era ela mesma. De repente, Jotinha começou rodopiar, ao mesmo tempo que gritava. Lhe doía um fantasioso arame farpado em que se ia enrolando. Assim, se convertia em interdito território, onde ninguém mais teria acesso. Desatada em prantos me mostrava bem reais feridas. Sua pele sangrava, de encontro a invisíveis espinhos. Eu queria aliviar seu sofrimento. Então ela estendeu seus braços em torno do meu corpo. Mas já não eram doces tatuagens que me tocariam. Sentia sim que arames pontudos me espetavam, confusas farpas me cercavam. Me soltei do abraço dela, escapei em correrias. Regressei ao nosso lugar, a solicitar socorro. Mas Euzinha me desconvenceu, me afastando em segredo:

— *Esquece o que passou. O que tu vistes é coisa de não acontecer.*

Jotinha se versava em dimensão de mais ninguém. Ela queria me levar para outros aléns. Quem mandara eu lhe tocar em jeito de a tornar mãe? Porque esse desesperado suspiro dos corpos se amando é que faz uma mulher se transcender, aceitar em si a semente de um infinito ser. O sucedido era um sinal para que eu escolhesse, rápido, outros confins.

— *Amanhã cedo vai-te embora.*

— *Sim, esta noite vamos.*

— *Vais tu, sozinho. Quintino decidiu ficar. Ele gosta essa Jotinha, está preso do feitiço dela.*

Nessa noite, o campo festejou. Como é possível festejar em tanta desgraça? Que motivo havia se nós ainda não havíamos distribuído os sacos de farinha? Naquele momento, eu ficava com a certeza de existirem forças subterrâneas onde as almas se recuperam. A festa é a tristeza fazendo o pino. Nela a gente se comemora num futuro sonhado. Foi então que o nosso plano se começou a concretizar. Carregando um fardo, Quintino se iluminou junto à fogueira. Quando se aperceberam, os deslocados se aclamaram. Alguns se atiraram, de boca em riste, para a farinha. Engoliam-na assim, às mãozadas, até asfixiarem. As mulheres impuseram ordem. Braços imediatos desencantaram panelas, água, lenha. E a farinha foi sendo preparada enquanto os tambores soaram, masculinos. As meninas foram chegando com bamboleios lhes roliçando os corpos. A luz do fogo lhes ondeava os ombros, tudo perdia seu desenho. As bebidas se iniciavam pela areia, em respeito pelos antepassados. Euzinha me sacudiu os braços, gritando:

— *A guerra vai acabar, filho! A guerra vai acabar!*

E ela partiu para a roda dançando, dançando, dançando. Lhe pedi que repousasse, ela nem escutou. Estontinhada, débil existencial, ela ia rodando, gemente.

— *Pare, Euzinha, pare!*

— *Não vê que estou parada, o mundo é que está dançar?*

Assim, pondo a terra a girar, em brincriação de menina, fechou os olhos com doçura. No real, ela seguia dançando, rodando até desmoronar em pleno chão. Acorri, suspeitando a grave notícia. O peito dela já tinha desaguado nesse outro mar onde meu pai divagava.

Olhei em volta, só eu notara o fim de Euzinha. Lhe cobri com jeito como se dormisse. E me retirei, discreto. Era hora de eu sair dali, virar costas daquele campo. Preferi nem sequer trocar explicação com Quintino. Ele tinha o direito de nada me dizer. Me descaminhei pelo mato, tão absorto em mim que nem o medo me chegou. Andei até reconhecer o caminhinho por onde Quintino me guiara. Mais um pouco e lá estava a árvore onde eu, junto com meu pai, matámos a ave mampfana. Me deitei afastado dos ramos, numa berma suave. Eu estava completamente cansado. A noite anterior quase não dormira. No imediato, o sono me alcançou todo corpo. Eu precisava ganhar forças para regressar a Matimati. Carecia de encontrar Farida mesmo que a ela regressasse sem trazer seu prometido filho.

Décimo primeiro capítulo

ONDAS ESCREVENDO ESTÓRIAS

A PAISAGEM CHEGARA AO MAR. A estrada, agora, só se tapeteia de areia branca. À medida que a viagem prossegue, Tuahir vai piorando, como se se aproximasse dos derradeiros finais. Ele se esbate no banco do autocarro, tão inerte quanto Muidinga estava em sua doença.

— *Se depois desta doença eu não souber andar nem falar você me ensina outra vez?*

O miúdo não responde. Vai arrastando o banco de Tuahir pela areia até assentar no cimo da duna. Ali os arbustos sombreiam o leito do companheiro.

— *Vê aquele barco velho, ali abandonado?*

— *Vejo, tio.*

— *Me faça como Surendra fez com mulher dele. Meta-me nesse barco.*

— *Não, tio. O senhor fica comigo. Eu vou lhe cuidar.*

— *Me deite no barco, filho. Quero morrer sem ver nenhuma terra, só água em todo lado.*

Muidinga se aproxima do concho. No peito da pequena embarcação pequenas letras se desbotam. O nome do barco quase já não é legível.

— *Como se chama o concho?*

— *Nem vai acreditar, tio.*

— *Porquê?*

— *Porque se chama Taímo. Lembra? É o mesmo nome da canoa de Kindzu.*

Tuahir permanece impávido, sem ligar à coincidência. Deve pensar que é invenção do miúdo para o distrair. De novo, protesta para que seja levado para a canoa. Por fim, Muidinga o arrasta e o deposita na barriga do barquito.

— *Agora, tio. Descanse a ver o mar, faz bem à disposição. Daqui a bocadito, regressamos ao machimbombo. Está certo, tio?*

— *Não me leve mais para o machimbombo. De noite, está cheio dos ratos. Vou ser comido, da maneira que nem posso defender.*

O velho tinha outro plano: ficariam esperando que a maré subisse. Quando a canoa estivesse dentro da água, seria fácil empurrá-la para o mar. O miúdo nem responde, seus olhos molhados se confrontam com os argumentos da morte.

— *Espere, tio. Vou-lhe ler.*

— *Quanto falta para acabar esses cadernos?*

— *Falta pouco: este é o último.*

— *Então não me lê. Guarda para você, quando estiver sozinho.*

— *Não, tio. Eu posso ler agora.*

— *Então, espera. Não leia já. Mais tarde quando estiver a água a subir.*

As gaivotas rodopiam, com seus piares aflitos. O mar está sossegado, nem parece que ali está a acontecer uma despedida.

— *Muidinga, me diga uma coisa. Tudo aquilo que você leu nesses cadernos, tudo aquilo está escrito?*

— *Não entendo.*

— *Estou perguntar se você não aumentou algumas verdades ali naqueles cadernos.*

— *Mas, tio, é capaz pensar uma coisa dessas?*

— *Deixe. Agora me comece a ler.*

As ondas vão subindo a duna e rodeiam a canoa. A voz do miúdo quase não se escuta, abafada pelo requebrar das vagas. Tuahir está deitado, olhando a água a chegar. Agora, já o barquinho balouça. Aos poucos se vai tornando leve como mulher ao sabor de carícia e se solta do colo da terra, já livre, navegável. Começa então a viagem de Tuahir para um mar cheio de infinitas fantasias. Nas ondas estão escritas mil estórias, dessas de embalar as crianças do inteiro mundo.

Último caderno de Kindzu
AS PÁGINAS DA TERRA

DEPOIS DE EUZINHA JÁ NENHUMA ESPERANÇA me restava. Eu voltava a Matimati sem Quintino. Perdida estava a amizade. Voltava sem trazer Gaspar. Perdido estava o amor. Farida não aceitaria a minha falta de promessa. E ela se afastaria de mim, partiria para inalcançável longe.

Subi a escura rua da vila em direção à casa de Assane. Antoninho me recebeu às arrecuas como se visse um fantasma fora do prazo. Tinha os braços envoltos em ligaduras. Assane chegou à porta se arrastando na cadeira e, virando-se para o ajudante, perguntou:

— *Já lhe deu a novidade?*

— *Que se passa? Que aconteceu com Farida?*

Assane se moveu em minha direção. Subiu-se na cadeira, esforçado para me dar um conforto, seu braço me laçando o ombro.

— *Não vale a pena você voltar lá.*

— *Não vale a pena?*

— *Farida já não te espera.*

— *Como: vieram-lhe buscar?*

— *De certa maneira...*

— *Como de certa maneira?*

— *Se acalma, Kindzu. Lhe vamos contar.*

Se passara de maneira confusa. Por ordem de Assane, Antoninho se metera numa canoa e se dirigira ao barco naufragado. Quando encontrou Farida ele se exclamou. A mulher estava uma rodilha, só quase se lhe viam os olhos. O enviado se chegou com modos sossegados e se apresentou em sua função de amizade. Farida quis saber novidades de Kindzu. Disse que a demora já era demasiada. A procura do filho não iria resultar. A terra é imensa, a guerra é maior ainda.

— *Nunca lhe hão-de encontrar!*

Então, com determinação, ela disse: *não posso adiar mais. Vês aquele farol*, apontou ela por entre o poente. *Tenho que fazer com que aquele farol funcione*. Antoninho se dispôs a ajudar. Ela anunciou: iria lá acender aquelas luzes, reparar a escuridão. Aquelas luzes haveriam de guiar navios que a viriam tirar dali. O outro ficaria no navio naufragado vigiando se alguém chegava. Farida partiu na embarcação de Antoninho. Ele ainda a viu chegar ao pequeno ilhéu e entrar no farol. Ficou lá um tempo, saiu, voltou a entrar, carregando uns velhos bidões. De repente, a torre se sacudiu em imensa explosão. Labaredas escaparam como sôfregas línguas do edifício. Toda a ilha ficou ardendo.

— *Não é possível, Farida não morreu! Eu vou lá a esse farol, amanhã mesmo...*

— *Não vale a pena*, Antoninho confirmou.

— *Não confio neste sacana. Se calhar foi ele mesmo quem tramou a morte dela...*

Virei costas e me retirei, brusco, corredor afora. Dentro do quarto de Surendra fiquei em espanto. Não chorava. Mas um tremendo cansaço me sufocava o peito. Assane entrou no quarto, suas rodas chiaram no escuro.

— *Kindzu, você foi injusto com esse miúdo.*

— *Com Antoninho? Eu lhe conheço muito bem.*

— *Mas, desta vez, se enganou. Eu posso testemunhar quanto o moço sofreu.*

Assane me garantia. Antoninho tinha ido, em outro pequeno bote, tentar ajudar a mulher que eu amava. Entrara no incêndio com desprezo de sua própria vida. Seus braços arderam como tochas, quase os perdera para sempre.

— *Antoninho, agora, lhe respeita. Acredite, Kindzu.*

A tristeza me enchia tanto que eu deitei de parte a desconfiança. Admiti ter errado. Sem convicção pedi a Assane que me desculpasse perante Antoninho.

— *Assane, eu preciso sair daqui.*

— *Calha bem, meu amigo. Amanhã mesmo sai o primeiro machimbombo de nossa empresa.*

Fingi nem reparar. Nossa empresa? Então, o negócio já se expandira? Afinal, em guerra se pode prosperar mais rápido que em normais tempos de paz. Levantei outra, mais leve, dúvida:

— *Já se pode circular na estrada?*

— *Não temos certeza. Vamos tentar.*

— *Está certo. Amanhã eu embarco nesse machimbombo. Me deixe agora, estou de mais cansado.*

Eu queria ficar absolutamente só. Sentia na versão de Assane um sabor de falso. O paralítico estava agora unido com o administrador, lhe prestaria serviço apenas para encomendar simpatias. A morte de Farida seria um desses serviços. Antoninho seria um perfeito servente.

Durante toda a noite dormi um sonho, com sabores de autêntico. Enquanto adormecia mil perguntas me continuavam a agitar. E se não tivessem assassinado Farida, através da mão suja de Antoninho? Se o moço se tivesse realmente arriscado para a salvar? Nunca mais eu saberia o certo. No dia seguinte eu estaria de retorno à minha aldeia. Há quanto tempo eu tinha saído? O que acontecera, entretanto, a minha mãe, grávida de um impossível filho? E Junhito: será que cocoricava ainda pelos prados?

Agora era como se esses fantasmas trabalhassem em minha cabeça para me transmitirem seus segredos, revelações de um outro mundo. Vou relatar o último sonho a ver se me livro do peso de terríveis lembranças. Não quero que tais pensamentos me regressem. Preciso dormir, totalmente dormir, me emigrar deste corpo cheio de esperas e sofrências. Preciso descansar de suspeitas, esfriar meu desejo de vingança. Amanhã apanho o autocarro para regressar a minha aldeia. Não quero lembrar nada, nem Farida, nem Carolinda, nem Quintino, nem ninguém. O que queria mesmo era ir mar adentro, como Assma, empurrado num barquinho sem destino. Ou fazer como minha mãe me ensinou: ser a mais delicada sombra. É isso que desejo: me apagar, perder voz, desexistir. Ainda bem que escrevi, passo por passo, esta minha viagem. Assim escritas estas lembranças ficam presas no papel, bem longe de mim. Este é o último caderno. Depois, arrumo tudo na mala que me deu Surendra. No final, Surendra é o único de quem eu aceito companhia. O indiano mais sua nação sonhada: o oceano sem nenhum fim.

Me falta, pois, trazer o que essa noite viajou em minha cabeça. Me falta soltar o último peso que me impede ser sombra. Ponho o sonho, em sua selvagem desordem: eu estava descendo um vale molhado de tanta de luz, cheio de manhã. Aquela parecia a primeira madrugada do mundo. A luz se espantava de sua própria estreia, experimentando sua grandeza ao iluminar as mais pequenas coisas. As cores, de tanto serem novas, se cambiavam incessantemente. Foi então que vi avançar um enorme grupo de pessoas, pobres, embrulhadas em cascas e fiapos. Eram centenas de centenas. Foram-me enchendo o sono. À frente seguia o feiticeiro da minha aldeia. Envergava uma sarapilheira encardida, cujos farrapos poeiravam pelo chão. O adivinho olhou a terra como se dele dependesse o destino do universo. Pesava nos seus olhos a gravíssima decisão de criar um outro dia.

— *É aqui mesmo!*, disse.

Escolhia o caminho parecendo procurar o centro de uma invisível paisagem. Atrás dele se arrastava a multidão, rastejando como se suas vidas se alimentassem das pegadas de seu guia. O feiticeiro subiu a um morro de muchém e contemplou a planície. Ajeitou o chapéu feito de penas e enroscou melhor a sarapilheira como se aquele calor lhe esfriasse os ossos. Então, levantando o seu cajado sentenciou:

— *Que morram as estradas, se apaguem os caminhos e desabem as pontes!*

Depois, começou o discurso, desfiando palavras lentas, rasgando a voz de encontro ao vento:

— *Chorais pelos dias de hoje? Pois saibam que os dias que virão serão ainda piores. Foi por isso que fizeram esta guerra, para envenenar o ventre do tempo, para que o presente parisse monstros no lugar da esperança. Não mais procureis vossos familiares que saíram para outras terras em busca da paz. Mesmo que os reencontreis eles não vos reconhecerão. Vós vos convertêsteis em bichos, sem família, sem nação. Porque esta guerra não foi feita para vos tirar do país mas para tirar o país de dentro de vós. Agora, a arma é a vossa única alma. Roubaram-vos tanto que nem sequer os sonhos são vossos, nada de vossa terra vos pertence, e até o céu e o mar serão propriedade de estranhos. Será mil vezes pior que o passado pois não vereis o rosto dos novos donos e esses patrões se servirão de vossos irmãos para vos dar castigo. Ao invés de combaterem os inimigos, os melhores guerreiros afiarão as lanças nos ventres das suas próprias mulheres. E aqueles que vos deveriam comandar estarão entretidos a regatear migalhas no banquete da vossa própria destruição. E até os miseráveis serão donos do vosso medo pois vivereis no reino da brutalidade. Terão que esperar que os assassinos sejam mortos por suas próprias mãos pois em todos haverá medo da justiça. A terra se revolverá e os enterrados assomarão à superfície para virem buscar as orelhas que lhes foram decepadas. Outros procurarão seus narizes no vómito das hienas e escavarão nas lixeiras para resgatarem seus antigos órgãos. E há-de vir um vento que arrastará os astros pelos céus e a noite se tornará pequena para tantas luzes explodindo sobre as vossas cabeças. As areias se voltearão em remoinhos furiosos pelos ares e os pássaros tombarão extenuados e ocorrerão desastres que não têm nome, as machambas serão convertidas em cemitérios e das plantas, secas e mirradas, brotarão apenas pedras de sal. As mulheres mastigarão areia e serão tantas e tão esfaimadas que um buraco imenso tornará a terra oca e desventrada. No final, porém, restará uma manhã como esta, cheia de luz nova e se escutará uma voz longínqua como se fosse uma memória de antes de sermos gente. E surgirão os doces acordes de uma canção, o terno embalo da primeira mãe. Esse canto, sim, será nosso, a lembrança de uma raiz profunda que não foram capazes de nos arrancar. Essa voz nos dará a força de um novo princípio e, ao escutá-la, os cadáveres sossegarão nas covas e os sobreviventes abraçarão a vida com o ingénuo entusiasmo dos namorados. Tudo isso se fará se formos capazes de nos despirmos deste tempo que nos fez animais. Aceitemos morrer como gente que já não somos. Deixai que morra o animal em que esta guerra nos converteu.*

O feiticeiro se calou, extenuado. A sarapilheira estava ensopada de suor. Voltando a levantar o cajado sobre a cabeça ele ainda voltou a falar. Mas se pronunciou em palavras de nenhuma língua. As gentes seguiam o restante discurso à cata de alguma compreensão. Então, o nganga se calou, ergueu uma cabaça e verteu um líquido sobre os ombros. Depois, desceu o morro e fez pingar a cabaça sobre cada um dos presentes. Então se deu o mais extraordinário dos fenómenos e todos os presentes tombaram no chão, agitando-se em espasmos e berros, e se seguiu uma orgia de convulsões, babas e espumas e, um por um, todos foram perdendo as humanas dimensões. Penugens e escamas, garras e bicos, caudas e cristas se espalharam pelos corpos e todo aquele plenário de gente se transfigurou em bicharada. A fala foi a última coisa a ser convertida e, durante um tempo, se escutaram espantos e gritos humanos proferidos pelas mais irracionais bestas. Aos poucos, porém, também o verbo se perdeu e a bicharada, em desordem, se espalhou pelos matos.

Tombado de joelhos perante tais visões, eu olhei as próprias mãos para me confirmar humano. Retirei as vestes e apalpei minhas velhas formas. Com cautela, tossiquei para me certificar da voz. A medo fui emitindo palavras simples, depois frases sem nexo. Não havia dúvida: eu me mantinha completamente gente, habitando o corpo que sempre fora o meu.

Então, por entre as brumas do sonhado, vi um galo se aproximando. Era Junhito, quase eu ia jurar. Porque no inverso dos outros, ele se humanizava, lhe caíam penas, cristas e esporões. Me olhou ainda semibicho. Seus olhos me pediam qualquer coisa, nem eu adivinhava. Que ajuda lhe podia dar, eu, simples sonhador? O que sucedeu, seguidamente, foi que surgiram o colono Romão Pinto junto com o administrador Estêvão, Shetani, Assane, Antoninho e milicianos. Vinham armados e se dirigiram para Junhito, com ganas de lhe depenar o pescoço. Cercaram o manito, dizendo:

— *Teu pai tinha razão: sempre te viemos buscar.*

Então, Junhito me chamou. Eu me olhei, sem confiança.

Mas o que em mim vi foi de dar surpresa, mesmo em sonho: porque em meus braços se exibiam lenços e enfeites. Minhas mãos seguravam uma zagaia. Me certifiquei: eu era um naparama! Ao me verem, em minha nova figura, aqueles que maltratavam o meu irmão se extinguiram num fechar de olhos. Mas Junhito ainda lutava para se desbichar, desembaraçar-se da condenação. Me veio à ideia que ele precisava de um pouco de infância e cantei os embalos de nossa mãe, sua última ponte com a família. Enquanto eu cantava ele se foi vertendo todo gente, completamente Junhito. A seu lado, como se chamada por meu canto, minha mãe apareceu segurando uma criança em seu colo. Lhes chamei mas eles nem me pareciam ouvir. Junhito colocou a mão aberta sobre o peito e depois fechou as duas mãos em concha. Me agradecia. Acenei uma despedida e ele, segurando minha mãe pelo braço, desapareceu nas infinitas folhagens.

Eu sentia que a noite chegava ao fim. Qualquer coisa me dizia que me devia apressar antes que aquele sonho se extinguisse. Porque me surgiam agora alucinadas visões de uma estrada por onde eu seguia. Mas aquela era uma muito estranha picada: não estava imóvel, esperando a viagem dos homens. Ela se deslocava, seguindo de paisagem em paisagem. A estrada me descaminhou. O destino o que é senão um embriagado conduzido por um cego? Fui sendo levado sem conta nem tempo. Até que meu coração se apertou em sombrio sobressalto. Me surgiu um machimbombo queimado. Estava derreado numa berma, a dianteira espalmada de encontro a uma árvore. De repente, a cabeça me estala em surdo baque. Parecia que o mundo inteiro rebentava, fios de sangue se desalinhavam num fundo de luz muitíssimo branca. Vacilo, vencido por súbito desfalecimento. Me apetece deitar, me anichar na terra morna. Deixo cair ali a mala onde trago os cadernos. Uma voz interior me pede para que não pare. É a voz de meu pai que me dá força. Venço o torpor e prossigo ao longo da estrada. Mais adiante segue um miúdo com passo lento. Nas suas mãos estão papéis que me parecem familiares. Me aproximo e, com sobressalto, confirmo: são os meus cadernos. Então, com o peito sufocado, chamo: *Gaspar!* E o menino estremece como se nascesse por uma segunda vez. De sua mão tombam os cadernos. Movidas por um vento que nascia não do ar mas do próprio chão, as folhas se espalham pela estrada. Então, as letras, uma por uma, se vão convertendo em grãos de areia e, aos poucos, todos meus escritos se vão transformando em páginas de terra.

GLOSSÁRIO

BABALAZES: ressacas de embriaguez.

BALALAICADOS: trajados de balalaica, um conjunto de calça e camisa.

BANDOS: designação popular de bandidos armados.

BANJAS: reuniões.

CANHOEIRO: árvore da fruta *nkanhu* de onde se extrai a bebida usada em cerimónias tradicionais do Sul de Moçambique. Nome científico: *Sclerocarya birrea.*

CHAMBOCADO: espancado com um "chamboco" (vara, pau).

CHISSILA: maldição.

CIPAIO: polícia negro no tempo colonial.

CONCHO: canoa, pequena embarcação.

CONGOLOTE: bicho de mil patas, maria-café.

FACHOLOS: enxadas.

FACOCHERANDO: de facochero (javali).

MACHAMBA: terreno agrícola.

MACHAMBAR: fazer machamba, cultivar um terreno agrícola.

MACHIMBOMBO: autocarro.

MACHONGO: terra fértil de solos argilosos.

MAKWA: língua do Norte de Moçambique.

MANINGUE: muito, demasiado.

MANTAKASSA: nome por que é conhecida, no Norte de Moçambique, a neuropatia tropical, doença causada pela ingestão de certas variedades de mandioca.

MAQUELA: variedade de mandioca.

MATOPAR-SE: de "matope" (lama, lodo).

MATSANGAS: designação pela qual são conhecidos os bandidos armados.

MINHUFAS: medo.

MONHÉ: indiano.

MUCHÉM: térmites.

MUCUNHA: homem de raça branca.

NCUÁCUÁ: árvore de fruta. Nome científico: *Strychnos madascarensis*.

NENECAR: no sentido original significa trazer uma criança às costas; utilizado aqui como adormecer, embalar.

NHAMUSSORO: feiticeiro.

PENEMBE: lagarto, varano do Nilo.

PETROMAXES: candeeiros a petróleo.

QUIZUMBA: hiena.

RAND: forma popular de nomear a África do Sul.

SACUDU: mochila (do francês *sac-au-dos*).

SATANHOCO: impropério equivalente a sacana.

SHIMA: farinha de milho.

SURA: aguardente feita dos rebentos de palmeira.

TCHOVANDO: empurrando.

TIMACA: confusão, briga.

TIMBILAR: tocar marimba, de *mbila* (singular), *tjmbila* (plural).

VIRABAZUCAS: de "bazukas", garrafas de cerveja.

XICALAMIDADES: corruptela de "calamidades", forma como popularmente se designam os donativos para apoiar as vítimas das calamidades naturais.

XICUEMBO: feitiço.

XICULUNGUELAR: ulular feito pelas mulheres em momentos de alegria.

XIPALAPALA: corneta feita de um chifre de boi.

XIPEFO: lamparina a petróleo.

XIPOCO: fantasma (o mesmo que psipocos).

1ª edição Companhia das Letras [2007] 14 reimpressões
1ª edição Companhia de Bolso [2015] 14 reimpressões

Esta obra foi composta pela Verba Editorial
em Janson Text e impressa pela Gráfica Bartira em
ofsete sobre papel Pólen Natural da Suzano S.A.

FSC
www.fsc.org
MISTO
Papel produzido
a partir de
fontes responsáveis
FSC® C105484

A marca FSC® é a garantia de que a madeira utilizada na fabricação do papel deste livro provém de florestas que foram gerenciadas de maneira ambientalmente correta, socialmente justa e economicamente viável, além de outras fontes de origem controlada.